大活字本シリーズ

ぼくの昔の東京生活《上》

赤瀬川原平

埼玉福祉会

ぼくの昔の東京生活

上

装幀　関根利雄

ぼくの昔の東京生活／上巻　目次

画ポスター／秘密諜報員／東京の夜／東京の
映画館／歌声運動／喫茶店での個展／食べた
もの

ぼくの東京生活白書

アメリカ車

東京に出てきたのは十八歳のとき。昭和でいうと三十年。スターリンが死んだ二年後だ。マレンコフとかベリアとか、ソ連の政権をめぐる黒々とした報道が伝わってきていた。

別にぼくは思想とか政治に強い方ではなく、ぜんぜん弱いんだけど、スターリンが死んでマレンコフとかいうと、当時の空気がぶわーんと蘇ってくる。その後のロシアのエリツィンとかプーチンというのと、当時のソ連のスターリンというのでは印象の濃度がまるで違う。

そんな時代にぼくが東京ではじめて金を得たのはサンドイッチマンだった。アルバイトである。いまの東京なら働き口はたくさん揃っているけど、そのころは仕事自体がなかった。

サンドイッチマンという名前も変なもので、本当は体の前後にパネルを下げて、体全体がサンドイッチ状態にあるのが正調らしいが、実際にはプラカードを手で持つスタイルがほとんどである。その場合はサンドイッチじゃないので、アドマン、なんていう人もいたが、結局はサンドイッチマンという名前で通っていた。いまはどうなんだろうか。

この仕事の欠点は恥ずかしいということである。何しろ人通りの多い所にじーっと立っているわけだから、人目にさらされている。これは人によって違うだろうが、ぼくなどは猛烈な恥ずかしがり屋なので、どうにも苛酷な仕事だった。

でも自分では見られてる、見られてると思っているけど、通行人はいちいちサンドイッチマンなんて見てはいない。看板は見るかもしれないけど、持ってる人などは見ないもので、だからこの恥ずかしさというのは自意識過剰の産物である。

とにかくはじめは緊張していて、時間が経たずに困った。じーっとしているだけだから、ぜんぜん時間が経たない。とくに冬はつらい。じーっとしているので寒くて寒くて、時間が完全にストップしたみたいだった。

その時つくづく思ったのは、移動する一時的な寒さと、一個所に拘束された寒さとでは、同じ温度でも体の感じ方がまるで違うということ。暖かいレストランから出て暖かい家に帰る途中の寒さは、むしろそれを味わうことができる。でも一個所に四時間いなければいけないというときの寒さは、もうほとんど拷問である。

ではは夏はというと、これがまた暑くて暑くて、夏が暑いのは当り前のことではあるが、やはり逃れられない暑さというのは苛酷なものである。

だから春と秋は嬉しかった。自意識過剰が少し解けて、人目にさらされる恥ずかしさがなくなってくると、むしろ通行人を観察する面白さを知るようになる。慣れてくると、自分が一種の棒杭のような、黒《くろ》子《ご》のような状態でいるのがわかり、通行人の、何というか、生《なま》な表情というのを見る余裕が出てくる。

観察といってもいちいちメモするような真面目な観察じゃないけど、さまざまな人間の性質というものが、言葉にはならないけど、その時期にずいぶん自分の目に染み込んできたんじゃないかと思う。

観察では車を見るのが好きだった。いまみたいに車が一家に一台という時代ではなく、自家用車なんてほとんどない。

タクシーによく使われていたのは日野ルノー。フランス製の小型軽便車で、たぶんライセンスをもらって日野で造っていたのだろう。

そういうのではオースチンもあった。これはイギリスの小型車で、日本ではどこで造っていたのか忘れたが、丸っこくて、ヘッドランプから流れる線がボディ横の後輪の辺りですっと消えていて、その消え方がぼくには煮えきらない感じだった。

その時代は車にそれぞれみんな特徴があり、個性があり、いまとはまるで違う。スチュードベーカーなんてシャープで格好よかったな。マーキュリーなんて頭から見るとロケットを三本束ねたようなデザインで、これも格好よかった。

キャデラックは派手でちょっとぼくの好みではなかったけど、リンカーンはそれより地味めの高級車で、なかなか気に入っていた。たくさんあふれていた中級車はビュイック、プリムス、フォード、やはり大好きというふうにはなれなかった。ビュイックとリンカーンはたしかちょっと似ていたな。

ナッシュというのはずんぐりして、格好よさを拒否したような、逆にそれがパワーみたいに感じられて覚えている。いま流行りのベンツやＢＭＷというドイツ車はあまり見かけず、もっぱらアメリカ車であった。

シトロエンを見た時には感動したな。醜いアヒルの子といわれるフランスの大衆車のシトロエンだが、それががらりとモダンデザインの高級大型車を造ったのがたしかそのころだ。プラカードを手に立っている目の前をすーっと通った時には、何か高貴な有名人に会ったような感動で、さーっと舞い上がったものである。

中央線

東京ではじめて靴底が触れたのは、東京駅のホームだった。それはまあ当り前のことだが、ふつうの駅ではなくそこが東京の駅だと思うと、感慨もひとしおだった。

それまで住んでいた大分でも名古屋でも、交通機関はせいぜい市電だったので、駅のホームというのは特別な感動があるのである。

そのホームに迎えに来てくれていたのが、大分の中学校以来三年ぶりに会う友人のY野君であったのも、特別な感動を伴っている。

しかしいま書いてみて、たった三年ぶりであったのかと不思議な気がする。あのころは十年か十五年ぶりぐらいの感じだった。いまは三年なんてあっというまに経ってしまう。

そうやって東京に出てきて、はじめて寝起きしたのは、中央線でずうっと行った先の国分寺である。大分のときからの、Y野君と共通の先輩のY村さんが国分寺に住んでいて、そこに厄介になったのだ。

ぼくらには武蔵野美術学校受験という目的があって、仮りに落ちたとしても、ぼくはもう東京で生きていこうと考えていた。何もあてはないけど。

国分寺のその先輩は、昔の児島善三郎画伯のアトリエを借りて住んでいた。そこの中二階にある藁蒲団《わらぶとん》に寝かせてもらったんだけど、そもそも高校卒業を控え、一人で世に出てくるのがはじめてのことで、緊張のしっぱなしである。

国分寺の駅もいまはもうだいぶ変ったが、それよりも変ったのは吉祥寺だ。武蔵野美術学校はいまはちゃんとした大学になって鷹の台にあるが、そのころは吉祥寺から十五分ほど歩いた所にあった。

隣駅の西荻窪とちょうど中間くらいのところで、その先をちょっと行って角を曲がると東京女子大がある。

その吉祥寺の駅だけど、細いホームが線路の両側に一本ずつあるだけで、改札口も小さなのがぽつん。いまの駅からは想像もつかない。

学校は昔の木造の兵舎か何かの転用で、小さくてぼろぼろだった。窓という窓のガラスに全部絵具が塗りつけられて、廊下には水溜まりが出来ていた。

校内におばさん一人の小さな売店があり、タバコをバラ売りしていた。箱売りではなく一本二本で売ってくれる。

ぼくも高校を出たんだからタバコくらい吸わなきゃと思い、少しずつムリして吸っていた。それがやはり本当にムリで、はじめは格好をつけて煙をくゆらせていたけど、そのうち気持が悪くなって閉口した。

武蔵野美術学校で知り合った友達が、洋モクのブリキの缶を持っていた。蓋《ふた》を開けると、吸い殻がたくさん入っている。何だ、吸い殻だ、と思っていると、

「これはみんな洋モクなんだぞ」

と誇らし気にいわれた。ぼくの方も、え、洋モクなのかと目付きが変り、一つ吸わせてもらった。ああ、洋モクだ、と思い込みながら、

その煙は一段と強くて、一段と気持悪くなった。

洋モクといってもいまの人にはわからないですね。西洋の、舶来のタバコ。

舶来といってもわからないですね。何しろ一ドル三百六十円の時代（あるいはもっと円安だったか）だから、とにかく西洋が輝き、洋モクは輝いていたのである。

東京に出てきたものの、銀座やその他、有名な場所にはほとんど行く機会もなく、国分寺にいた。そして学校のある吉祥寺へ電車に乗って出て行く。

国分寺の恋ヶ窪というしゃれた名前のところで、友人三人ではじめて部屋を借りたのだけど、いきなり部屋代が払えず、十日ほどで追い出された。三人とも家からの送金がちぐはぐしていて、はじめての都会で要領もわからず、いろいろ手違いもあり、とにかく追い出されてしまった。

そんなぎくしゃくがあって、はじめてちゃんと住んだのは武蔵小金井だった。駅からやはり十五分くらい歩く。

二人で六畳一間、三千円。だいたいそのころの相場である。

さてここに住むんだということで、いったん家に帰って蒲団や本などを持ってきた。

そのころ国鉄の切符を買うと、チッキというのがありましたね。ほんのわずかな割り増し料金で、ある程度の手荷物が別送できる。

いまは引越しというと段ボール箱だけど、当時そんなスマートなものはなく、木製のミカン箱だった。いま考えるとずいぶん手間のかかった高級な箱なのだが、ミカン箱はあちこちの八百屋にあったし、それを分けてもらって引越しに使い、部屋の中で積み重ねると本箱になった。風呂はもちろん銭湯で、洗面所は大家さんのところ。いまと比べたら大変なシンプルライフである。

お盆彫り

ぼくみたいな弱虫が、高校を出てそのまま上京して、よく生活できたと思う。

逆説めくが、金がなかったからできた、貧しいからできたわけで、家が裕福だったらできなかったと思う。

何しろ自慢じゃないが、弱虫で、臆病で、引込み思案で、胃の弱い青びょうたんだ。もし裕福だったらとても家から出られなかっただろう。

貧乏は嫌だけど、とにかくどたん場まで追いつめられる。そこでやっと、火事場の馬鹿力じゃないけど、自活する力が出てくる。

いっぺんに出るわけではなく、仕方なく渋々と出てくるわけで、だから貧乏だからといってすぐ経済的な援助の手を差しのべるのは、必ずしも良いことではない。いまの世の中の風潮は、それをはき違えているところがあると思うが。

体にいちばん焼きついたアルバイトは路上のサンドイッチマンであ

ったが、あまりにも退屈で、恥ずかしくて、途中でお盆彫りのアルバイトがあったのでそちらへ行った。

美術学校だから、そういう工作関係のアルバイトが窓口に来ていたのだと思う。それを先に行ってやっていた同級生に誘われたんだと思う。西武線の田無の辺りに小さな作業所があり、工場というよりは家内工業的なものだ。オーナーはもとは絵描きか彫刻家になろうとした人だけど、どうもうまくいかず、あれこれ金儲けをやってみるうちにこの仕事に定着したという雰囲気である。

お盆や茶托などで鎌倉彫りというのがあるが、あれをもっとがさがさと粗くしたような感じで、江戸彫りと称していた。

床に腰を据えて、原木の板を両足で挟み、それを丸鑿《まるのみ》で削っていく。

鑿跡を粗く残すやり方だから、作業としては案外気が楽だ。多少の鑿の扱いさえ覚えれば、あとは自己流で何とかやっていける。

ぼくは絵も好きだけど木工もわりと好きだから、この仕事は面白かった。けっこう熱中できる。

それと仕事の出来高による歩合制の賃金なので、けっこうやりがいもある。

だから励みましたね。一所懸命やった。

ぼくは臆病だけど、何か一つ決ると一所懸命やるたちなんだ。

丸鑿の柄を右手の掌《てのひら》でぐいぐい押して、左手の指を鑿の刃先の横に添えて、それで方向を調節しながらサクッ、サクッ、と削っていく。

学生のアルバイトはいつも二人か三人、大人の職人が三人。一人は社長の弟で、これがまあ棟梁《とうりょう》のような立場。

もう一人は頑丈な体をしていて、実直な人。でも仕事が終ると駅前かどこかで酒を飲むらしくて、飲むとちょっといろいろヘマをしたり、暴れたりもするらしい。よくはわからないが、仕事場に行くとその頑丈おじさんが妙に神妙に仕事をしていて、ほかの大人の職人たちが、まったくしょうがないよという目つきでちらっと見たりしていて、そうすると頑丈おじさんはますます一心に仕事に励んだりして、そんな様子からだんだんわかってきたのだ。

わかってくると社長の弟おじさんも、

「いや、まったくしょうがないんだよ」

というふうに、その頑丈おじさんの昨夜の行状をちらっと話してくれたりする。

もちろん頑丈おじさんがいないときのことで、いる前で言ったりはしない。

もう一人の職人は戦争帰りで、この人がいちばん年長かもしれない。あまり職人という感じはしなくて、仕事もそうそううまくはないのだけど、まあ何かつながりがあって、こづかい稼ぎに来ているのだろう。昼休みとか、三時の休みをいちばん楽しみにしている。そこでお茶を飲みながら話が深入りしてくると、ぼくらに戦争の、戦場での話をしてくれて、それは何かいけない世界をのぞき見するみたいで興味深かった。

そのおじさんはまったくの無思想だから、ありのままをぺらぺらしゃべって、それが面白い。やはり戦争というのはとんでもない事態の連続であるから、平和な時代の炉端でそういうことを聞くと、やはり聞き入ってしまうのである。

でも写真を見せられた時には困った。戦争での残虐行為をたまたま撮った写真で、それをむしろ自慢気に見せるのである。小さな、いまのサービスサイズよりも小さなモノクロ写真だけど、それはショックだった。

でもその戦争帰りおじさんは、まったくのノーテンキと見えて、にこにこしている。それが自慢気に見えるのは、やはり平常時には、異常時の特殊行為のショックが大きく、その落差のところである種の優越が生じるのだろう。

そのお盆彫りの仕事はわりと気に入っていたんだけど、ときどき金払いが悪くなる。まあ小企業で難しかったんだろうが、だんだん不満がつのって、遠ざかっていった。

アドバルーン

学生のころやったアルバイトで面白いのは、アドバルーン上げ。デパートの大売り出しとか、パチンコ屋の新装開店、映画館の新開店。

いまでこそ映画館は潰れてばかりいるが、そのころは潰れるどころか続々と開館していた。

ぼくのやったのは池袋の映画館だったと思う。あるいは映画館の入ったビルだったか。

高校を出て上京して、たしか一年目だ。

アドバルーンというのは、朝、ビルの屋上から上げて、夕方降ろす。それをとりおこなうアルバイトで、上げている間はただ屋上にいて番をしていればいいのである。

いいなあ、それは楽で、やりたいやりたい。たぶん学校の掲示板で知ったか、先輩に世話してもらったかだと思う。

しかし楽そうだけど、話を聞いて怖くなった。アドバルーンには水素を入れる。水素ガスは危険物で、火がついたら即爆発する。火気厳禁はもちろんだけど、ボンベから入れる時に漏れたりすると、空気との摩擦で爆発することがある、と脅かされた。

それはそのアルバイトの先輩から脅かされたんだと思うが、でも事実、そのころそういう事故が新聞に載っていたのである。

ぼくはマジメで信じやすいたちだから、物凄く緊張した。

池袋のその屋上からは、遠くに巣鴨刑務所が見えていた。日本の戦犯の刑務所として有名な所。いまはその跡地にサンシャインビルが建っている。

さて緊張した水素ガスの注入が終り、アドバルーンがふくらんで、するすると上に上がった。

もうそれで終りだ。あとは夕方降ろすまで何もやることがない。だからどこか遊びに行ってもいいかというと、もちろんそうはいかず、その紐を結びつけた根元の屋上にいて、やはり番をしていないといけない。急に天候が変って強風になったりしたら降ろさなければならないわけで、それが仕事なのだ。

こんな仕事ははじめてだったが、疲れるのか疲れないのか、自分でもわからない。やることがないから楽は楽だけど、何もやってないといっても番はしている。いざという時にはそれを自分でどうにかしないといけないのだから、責任は負っている。その責任を負っている肩が疲れてくるわけで、どの肩だといわれても困るのだけど、とにかく妙な仕事なのだ。

その日はたしか文庫本か何か持って行ったと思うが、そういうはじめての、しかも特異な場所で、なかなか本は読めないものである。若い友人で、ニューヨークで何ヶ月か暮した人がいた。長期滞在なのでホテルじゃなくアパートを借りたそうだ。向こうの生活はどうだった、と聞くと、毎日屋上に出て太宰治の文庫本を読んでばかりいたそうだ。何だか暗くていいなあと思った。真っ暗じゃなくて、薄暗くて、味がある。でもニューヨークのアパートの屋上で太宰治を開くにしても、ちゃんと読めたんだろうか。ぼくだったらやはり上の空で、読むふりはしても頭には入らないような気がするけど、まあしかし滞在が長いと読めるのかもしれない。

ぼくは池袋のビルの屋上なんてはじめてなので、時間があるといってもなかなか読めなかった。

そこの屋上から周りの風景をぼうっと見ていた。遠くの巣鴨プリズンの建物は、やはり古ぼけて独特の雰囲気があり、あとは何だろう、まだ高層ビルなんて一つもないから、けっこうがらんとした池袋の空気が見渡せたんだろうと思う。

途中で見回りの人が来た。それが先輩だったんじゃないかな。上げ方や結び方や、技術的なことの見回りもあるけど、ちゃんと持ち場を離れてないかという、サボリの見回りでもある。空をちょっと見上げて、

「大丈夫そうだから、ちょっと下に行ってみるか」

と誘われた。その建物はところどころ突貫工事で仕上げの最中だったが、広い会場で何か式典をやっていた。式といってもテーブルに料理が並んで、背広を着た人たちが立ったまま少し食べたり、手にした

グラスのものを飲んだりしている。いま流行りの立食パーティーだが、そんな所を見るのははじめてだった。たぶん映画館の披露パーティーなのだろう。そこへ裏口から入場したんじゃないかと思う。あるいは屋上のアドバルーン会社も呼ばれていたのだろうか。

ただで食べてもいいのだろうかと、どきどきした。貧乏学生で、日常満足に食べてはいないのである。だけど裏から入っているというひけ目もあって、一口か二口何か食べただけだった。ずいぶん気の弱い青年である。

装飾屋

手探りで、単発的なアルバイトをいろいろやったあと、装飾屋の仕事が少し長くつづいた。職種でいうと看板屋みたいなところだけど、看板屋は外装の仕事が主なのに対して、装飾屋は店舗の中の改装とか、デパートの中の展示会とか、看板屋よりは細かい仕事が多い。

時間単価ではサンドイッチマンが率はいいのだけど、精神的にきついし、やはりハードだ。お盆彫りは能率給だからやり甲斐もあったんだけど、お金の支払いがどうも心もとない。

というので、ある時美校の友人にくっついて、その装飾屋に行ってみたのだ。

湯島天神の大鳥居の向かい側にあって、T青社というけっこう大きい会社だ。

一階は大工仕事のスタジオ、二階には営業やデザインの部屋が広くあって、その脇にレタリングの小部屋がある。そこがぼくらの仕事場だ。

一階がブルーカラー、二階がホワイトカラーだとすると、レタリングの小部屋は何だろう、ライトブルーか。

文字描き師、いわゆるレタリングをするおじさんたちが三、四人いて、みんな物凄くうまい。プロだから当り前だろうが、見ている目の前ですいすいと、明朝やゴチックの活字のような書体が描かれていくので、びっくりした。

　ぼくも絵を描くからそれなりに絵筆は使う。真似ごとでポスターを描いたりしたとき、明朝やゴチック体の文字を描いたことはあるんだけど、きちんと描くのに猛烈に時間がかかり、えらく苦労した。

　それがここのプロのおじさんたちは、文字の形の下書きも何もないところに、いきなりすいすいと、一本の線をほとんど一筆か、二筆三筆くらいで描き上げていってしまう。

　信じられない光景だった。自分はけっこう筆使いが器用のつもりだったのだけど、その圧倒的な技術の差を見せつけられて、ちょっと茫然として、口がとんがってしまった。

　でもそういう凄い人たちに混じって仕事が出来るというのは嬉しか

った。そこは仕事柄、美校の学生がよくアルバイトに来ている。ぼくらはムサビ（武蔵野美術学校）だったが、たまに芸大の学生もいて、そんな交流も面白かった。同じムサビどうしでも、学校ではほとんど知らなかったのが、そのアルバイト先で友達になったりする。

ぼくらアルバイトのやる仕事はマークの拡大が多かった。展示会などでトヨタとか日産とか、社名や会社のマークなどが必ず出てくる。それはプロであってもやはり一筆というわけにはいかないもので、やっぱり定規を使ったりいろいろして拡大するのである。そして丹念に色を塗り込んでいく。

ガラス加工というのもあった。明かり入りのガラス看板の製作で、ガラスの下にプロのおじさんたちの描いた原稿を置き、ガラスの上には色つきのセロハンを置いて、原稿の通りに切り抜いていく。水と膠《にかわ》と剃刀《かみそり》を使って、セロハンを三枚くらい重ねて切ったりして、中の一枚をひらひらっと引き抜いたりして、はじめて見たときは何だか手品みたいな仕事だと思った。

難しいけど、慣れればアルバイトでも出来るので、よくやらされた。字割りというのもあった。プロのおじさんたちの描く文字の割りつけである。展示会などでいろんな説明板がある。その原稿の文字数を数えて、パネルの中にうまく余白を取りながら、行間の幅もうまい具合に取って、鉛筆で軽く当りを取っていく。

この計算が難しい。文字を一文字でも数え忘れていると、とんでもない失敗になる。

碁盤目の線を割り出して引き終ると、その中に一文字ずつ文字を描いていく。形などとらずに、単なるメモの文字である。プロのおじさんたちはそれを見て、東なら東の字、京なら京の字を、下描きもなしにいきなり本番で描いていくのである。

横と縦の直線は、溝引きといって、竹のモノサシの背の方に彫った溝にガラス棒を当てて、同時にその手に筆を持って、すいすいと引いていく。

人によってはパネル一枚最初に全部その縦と横の線だけを引いてしまう人もいる。それだけを見るとまるでモンドリアンの抽象絵画みたいだ。それからこんどはフリーハンドで、そこに斜めの線や平仮名を入れたりして、一枚の説明文に仕上げていく。

そんな仕事を、何だか悔しい思いでじーっと見ていた。絵筆を持つ人間として、やはりライバル心をかき立てられる。でもとても敵わない。

パネルに張ってあるのは加工紙という、色付きの安い紙で、仕上がったあとは鉛筆の字割り線を消すんだけど、ふつうに消すとこすれて光ってしまう。これを防ぐのに良い方法があって、消ゴムをおろし金で摺りおろして粉にする。その粉ゴムを寝かしたパネルの上に撒いて、両掌で全体に軽くこすっていくと、局部的に光ることなくうまく消える。皆さん、知らないでしょう。

文字描き

湯島の装飾屋でのアルバイトはしばらくつづいた。職場に絵具と筆があるというだけでも、画学生としては親しみがもてる。そこにいる職人たちもまた、描くということでは一脈通じるものがある。

リーダー格は背のぐっと低いF市さんで、とにかく冗談を言う。それもハデな冗談ではなくて、ふつうの仕事みたいに言っている話が、途中からころりと冗談なので、参ってしまう。

戦争帰りの人で、兵役でも身長が足りずに衛生兵に回されたという。その戦争での体験談をたまに話すんだけど、それがじつに面白い。

戦場体験なんていまの時代にやろうとしてできるものでなく、しかもやりたくてやったんじゃないから、恐ろしい体験もたくさんしている。

その人の戦場は南方で、敗戦後は小部隊でジャングルの中の逃避行をつづけたそうだ。そのうち一人病気になって、どうも盲腸炎らしい。医者なんていないから、衛生兵のF市さんが何かすることになる。といって薬もないし、道具といえば安全剃刀一枚。おまけに医学の知識もない。

でも放っておけば死ぬだけなので、仕方なくその安全剃刀でお腹を切る。それまでの戦場経験で見よう見まねで、何とか手術をして、洗うのは田んぼの水だったという。

「そういう手術を二人して、一人助かったから、成功率は五割」と冗談ぽく言うんだけど、たぶん本当だろうと思う。半信半疑で聞いていると、いまでもその生き残った一人は、たまにお礼に見えるという。

そのF市さんがいけない写真を持っているんだな。

いわゆるエロ写真である。ポルノ写真というともう近代の、ちゃんと商品化されてしまったようなイメージがあるけど、そのF市さんの持っているのは本当のエロ写真というか、デザイナーも代理店も入っていない産地直送というか、とにかく野暮ったさ百パーセント、素人丸出しの昔のエロ写真だ。

その手のものを見たのはぼくには二回目で、はじめは渋谷でサンドイッチマンをやっているとき、路上で仲間にこっそり見せてもらったんだけど、思わず目をそらした。

ぼくだけでなくみんなウブだったが、時代は変って、いまそういうウブな青年なんていないるんだろうか。

とにかくそのF市さんはそういう写真をちらっと見せてくれるけど、

「子供にはまだいけない」

とか言ってすぐに仕舞ってしまう。そのくせ冗談のとぎれた休み時間などに、ちらっと見せる。

あるとき何かの拍子に、ふだん鍵をかけている自分の仕事机の引出しを、すーっと開けて見せるのである。古い擦り切れたような写真がきっちりと、十センチくらいも重ねてあって、よく見るとそれが全部その手の写真なのだ。

「うわ……」

と思わず手を伸ばそうとすると、すーっと引出しを閉めて、カチンと鍵を掛けてしまって、その鍵をポケットに入れて、

「ふっふっふっ……」

と笑うのである。

うわァ、ひどい、とか何とか、若いのがみんなはやし立てるのだけど、そう簡単には見せてくれない。しかしその十センチというのは凄いと思った。

F市さんは文字描きをやるだけあって、絵心があるというか、カメラが好きで、写真をいろいろ撮って焼いている。公園の水飲み場で少

女が伸び上がって水を飲んでいる写真を大きく引き伸ばしていて、

「これが俺の最高傑作」

と言って自慢している。たしかにそれは階調の綺麗な写真で、なるほど、この人はこういう人なのかと思った。

あとその職場には文字描きのおじさんが二人いたけど、戦争体験まではない。だから年齢的にもF市さんには一目置いていて、F市さんの影響下でみんな冗談に磨きをかけていた。こういう職場の雰囲気は、やはりリーダーの気質によってずいぶん違うんだと思う。

冗談ではやはりF市さんの冗談がいちばん深みがあって、シャープである。

文字描きの技術の面ではみんな対等だった。ほかの二人もじつにうまい。忙しいときに助《すけ》っ人《と》に来る文字描きがいて、その人の字がまたじつにうまかった。デザインセンスもよくて、服装などもしゃきっとしている。でも冗談はあまり言わない。外来者のせいもあるんだろうが、やはり性質が真面目なんだろう。でもやはり腕の確かさは相当なもので、その助っ人が来るとみんなやはり仕事が真剣になって、ふだんより冗談の出がわるいような雰囲気だった。

石油コンロ

部屋のこと。
東京ではじめて安定して何ヶ月か住んだのは、中央線武蔵小金井の駅から歩いて十五分くらいのところ。

間借りだった。アパートではない。ふつうの家の一室を借りる。昔は学生などこれがほとんどだったが、いまはもうないかもしれないのでこういう説明が必要である。

間借りよりもっと上級なので賄《まかな》い付きというのもあった。朝晩の食事付きで、ぼくはこれは経験がない。友達と二人で一室借りるのがやっとで、食事なんて三食口に入れられるかというぎりぎり経済の中では、賄い付きなんてとても望めなかったし、朝晩の食事時間をきちんと守る自信もまるでなかった。

その賄い付きの下宿をしていた友達に聞くと、ほかにも学生やその他がいて、お茶の間でいっしょに黙って食べるのだそうで、何かちょっと堅苦しいなという感じがした。

でもいま考えたら大変に手間のかかることで、ほとんど家族的な扱いというか、旅館並みのことである。

で、ぼくはそうじゃなくてふつうの間借り。友達と二人で六畳一間だった。友達は同じ武蔵野美術学校に入学した同郷のY野君。

まだ新築して間もない家の端の部屋で、隣の四畳半にはやはり同じ美術学校に山形から来たI藤君が入居していた。大家さんは若夫婦で、奥さんは武蔵美《ムサビ》の短期の講座に行っていて、その関係で画学生に二部屋も貸すことになったのかもしれない。ぼくらにしても武蔵美の先輩に紹介してもらったのだ。

引越しといってもいちばん大きい荷物は蒲団で、あとはミカン箱に本や食器類がごとごと。

ミカン箱というのもいまはもうなくて、たいてい段ボール箱になっている。それを八百屋などで分けてもらってくるのは同じだけど、昔はそれが荒削りのネイティブの板で出来ていたのだ。それでちょっとした荷物を運んで、空いたのを重ねて本箱代りにした。

六畳一間に二人なので、真ん中にそのミカン箱を並べて、互いの本箱兼境界とし、右と左をいちおう個人空間とする。

六畳一間で三千円。一人千五百円。というので三畳一間を千五百円で一人で借りている友達もいたが、行ってみるとさすがに狭い。しかも一畳分の上の方には押入れが突き出している。つまりきっちり三畳の部屋の上空にムリヤリ半分の押入れを造ったわけで、友達はその下に蒲団を敷くんだけど、蒲団が伸び切らずに端が折れ曲がってしまう。そうやって寝られないことはないが、もう潜水艦の内部みたいだ。

そういうのは好きだけど、でも毎日住むことを考えると、一人三畳よりは二人で六畳の方がいいと思った。

ぼくらの部屋の脇にはちょっとした廊下があって、そこに石油コンロを置いて自炊をする。石油ストーブはいまもあるが、石油コンロはさすがにもうないでしょうね。世の中には。

でも当時はそれがいちばん安い熱源だった。でも機械としてはまだ未熟だったせいか、使う時はじつに石油臭かった。

石油コンロの匂いはいいものではない。でもたまにあの匂いを鼻にすると、臭いな、と顔をしかめながらも猛烈に懐かしくて、しばらくじいっと嗅いでいたりする。嫌なのにじいっと嗅いで想いにひたってている。変なものである。

その石油コンロで煮炊きする種類はわずかなもので、飯、味噌汁、カレー、うどん、おでん、煮魚くらいなものだ。それもしかし、世間からの経済封鎖みたいな状態に追い込まれて、だんだん少なくなっていった。Y野君の実家からの送金は最初の一ヶ月だけ、ぼくの方は三ヶ月だけ。あとはゼロ。何のアテもないのだからどうしようもない。

隣室のI藤君の実家は東北の農家だということで、味噌が一樽どんと送られてきたのにはびっくりした。それだけではない。米が一俵送られてきたので、呆れた。何という違い。

経済封鎖におちいっていたぼくたちは、隣の部屋の留守のときに、その米と味噌をちょっとだけ密輸入したことがある。正直な話。でもやはり気が引けるもので、以後はやめた。

それからは何とか生活しようと、町に出ていろいろと悪戦苦闘がはじまるわけだが、大家さんは温厚な人で、家賃を滞納するのを黙って待っていてくれた。

楽しかったのはときどき麻雀に誘ってくれたことである。夕食後呼んでくれて、大家さんの部屋でじゃらじゃらと麻雀をした。ぼくたちは麻雀の牌を見たことはあっても、ちゃんとそれで遊ぶのははじめてで、初歩から教えてもらいながらだんだん面白くなった。大家さんも、学生と遊ぶのが好きだったんだろう。東京で自活をはじめて一気にどん底を体験した時代の、ひとときの楽しい想い出である。

メーデー

東京に出てきて学生だったのは二年間くらいだ。たしかその二年目だと思うが、メーデーに行った。一九五〇年代の半ばだから、時代は左翼である。それから三十五年後にソ連崩壊があろうとは、とても考え及ばない時代である。

歌声運動というのがあって、みんなでよく合唱していた。いま思うととても恥ずかしいけど、何故だろうか。あまりにもお人好しで、「思想」というものをころっと信じてしまっていたのが、いまから思い返すといたたまれないのだろう。

歌声喫茶というものがあり、こちらはコーヒー代もない身分なのであまり行かなかったが、何人かで焼酎でも飲んで意気が上がるとよく合唱していたものである。いまでいうとメッセージソングということになるのか。歌の中に「理想」とか「正しさ」が仕組まれているので、その熱がいったん醒めてシラけると、とても恥ずかしくなる。

ぼくは「思想」には人並みに騙されやすかったけど、絵描きなので感覚はもっていた。当時社会主義リアリズムという絵の潮流があって引き寄せられていたのだけど、あるときそれがどうにも図式的に感じられた。その絵のもとにある「思想」というものにシラけてしまった。そうすると歌声的な歌を歌うことも猛烈に恥ずかしくなり、一切歌わなくなった。そのついでに歌そのもの、歌謡曲そのものが嫌になった。

だからいまもカラオケなどは一切歌わない。歌う気がしない。というのはいまの話で、そのころはせっせと歌っていたのだ。まだハタチに達する前だ。

メーデーは明治公園の絵画館前が会場だった。そこに「労働者」が集まる。そのころまだ自分が学生なので「労働者」というものに憧れていた。仕事をしてお金をもらえば誰だって労働者なのに、あえて「労働者」に憧れるというのは、一種のブランド志向だと思う。ルイヴィトンやグッチというブランドに憧れるのと基本的には同じことだ。

絵画館前にはその「労働者」が大勢集まっていた。この「集まる」ということだけにも感動しようとする雰囲気があり、それが時代というものだろう。集まれば何かがはじまる、という期待が確かにあったのである。それはいつだってそうなのかもしれないが、その時代はいまと違って何ごとも単純でストレートだった。

メーデーの基本は組織だけど、ぼくらは武蔵野美術学校の有志ということぐらいしかない。でもたしか学校の有志の赤い大きな旗があったと思う。先輩たちがそういったものを用意してきて、ぼくら新米学生もそこに「集まった」のだ。

講演とか宣言とか、野外に造られた演壇では何かそういうことがあり、それから街頭デモ行進になり、ぼくらは組織されて新宿方向に出て行った。

デモ行進というのはなかなか面白い。ふだん歩かない車道を合法的に、集団で歩くという感覚は、それ自体気持のいいものである。街が妙に新鮮に見えてくる。

その感覚を企画化したのがいまのホコテン、歩行者天国である。あれは静止状態だけど、あのホコテンの全体がいっせいに歩く感じ。しかもそこに「思想」というルイヴィトン的なブランド志向がセットされているんだから、ワクワクもする。

まだ都電が真っ盛りの時代である。新宿の伊勢丹や三越のある通りにも都電のレールが敷かれていて、そこをデモ行進するのだ。そのうちジグザグデモになる。五列とか十列とかの集団で歩きながら、盛り上がってきて、うねうねと蛇行しながら、足が跳ねて駆け足状態となる。

そうだ、スクラムを組んでいた。列ごとに隣の人どうし腕を組んで、それでワッショ、ワッショと蛇行していく。これで盛り上がるのだ。中心にお神輿《みこし》があれば完全に神社のお祭りで、それがないだけの話である。やはり昔からワッショ、ワッショと練り歩くのは楽しいことなのだ。

ただ神社のお祭りと違ってスクラムを組む。このスクラムにも当時は「意義」があって、列の隣の人と腕を組むその感触で「連帯」というものを意識させられていた。それが、最近の言葉では「イニシエーション」ということになるのだろうか。

新宿の駅近くまでデモをして、ぼくらはたしか西口の辺りで解散だったと思う。解散の前に記念撮影をした。「有志」の集まりは三十人くらい。風が強くて、ちょっとまだ肌寒かった。当時の新宿の西口は、いわゆる「駅裏」の雰囲気で、何もなかった。がらーんとした空き地があちこちに広がっていた。

たぶんそれから何グループかに分かれて、ぼくも先輩たちにくっついて、西口のヤキトリ屋で焼酎の梅割りとかムリして飲んだんじゃないかと思うが、はっきりしない。

トースト

三鷹に「第九」という名曲喫茶があって、よく行っていた。その隣に「第九書房」という本屋さんがあって、この二つが駅前にあることで、三鷹というのは芸術的な町だと思っていた。

第九とはもちろんベートーヴェンの第九交響曲のことである。名曲喫茶というのは、クラシック音楽をリクエストしながらコーヒー一杯でいくらでも粘れるという、当時の暗い学生たちの唯一のまどろみ場で、吉祥寺のグリーン、阿佐ヶ谷のモーツァルト、中野のクラシック、新宿のらんぶるとか、一駅に必ず一つはあった。

そのころぼくは仲間と武蔵小金井に住んでいたけど、その駅にはさすがに名曲喫茶がなくて、いちばん近いのが三鷹の第九だった。

小金井には大分出身の美校仲間のY野君とM浦君がいて、ときどき三人で三鷹の第九に行った。本当はしょっちゅう行きたいのだけど、コーヒー代がないので本当にときどきしか行けない。当時の貧乏学生はいまと違って本当に貧乏だった。

コーヒー五十円だけど、その五十円がもったいない。本当は五十円もする高いコーヒーを飲みたいわけじゃなくて、ただ音楽を聴いてじーっとする場所が欲しいのだ。だからただのお水だけでもいいのだけど、でもやはり喫茶店だから、何も頼まないというわけにはいかないのである。

しかし、貧乏は発明の母だ。メニューを見ていくと、コーヒー五十円、紅茶も五十円だけど、トースト三十円というのがある。トーストは四角いのが二枚、それが斜めに包丁が入っていて、三角形のが四枚という具合になっている。ここにちょっとつけ込む隙がある。

はじめは三人でコーヒー一杯という手を考えたんだが、一つのコーヒーカップに三人で口をつけるというのは、やはりちょっと常識的にムリというか、理屈が通らない気がする。でもトーストなら四枚に分かれている。それを三人でというのは、いちおう理屈が通る。現に最初のころ一人コーヒー一杯ずつで粘りながら、お腹が空いてきて、トーストを一つだけ頼んで三人で食べたことがあるのだ。不可能ではない。

ある日決心をして、三人でテーブルにつき、ウエイトレスに、

「トースト一つ」

と注文した。コーヒーも紅茶もなしでいきなりトースト一つである。ウエイトレスは案の定、怪訝な顔をしてカウンターに戻り、奥にいるマスターにひそひそと報告している。マスターはちらりとこちらを見て、だいたい正体をつかんだ様子である。前にも何度か来ているし、

顔ぐらいは覚えているのだろう。あるいは覚えていなくても、ああ、美校の学生か、とわかったのかもしれない。いまと違ってふつう一般はマジメな服装をしている時代だから、ちょっと崩れたのは絵描きか絵描きの卵ということになっていた。

裁定はどう出るか。

ぼくらは神妙に、姿勢を正して、しかしあまり固くなっていては向こうが硬化する恐れがあるので、何気ない当然のふりをしながら、とにかくじーっと待っていた。

さあ裁定はどう出るか。

ウエイトレスはちょっと不満気な顔のまま、トーストを一つ持ってきた。

よかった。合格だ。話がわかる。ここのマスターは人物だなあ。という心持ちで、ぼくらはたんたんと、当然のように、そうだよ、このトーストをちょっとだけ口にしたかったたんだ、コーヒーは今日はちょっと、口に合わないんでね、という顔をつくりながら、そうっと手を伸ばしてトーストを一枚ずつ、それぞれ口に持って行って、ゆっくりと齧《かじ》って食べた。

モーツァルト、ベートーヴェンはよく流れていた。ぼくたちはバルトークとかプロコフィエフというのを聴きたがった。ショスタコーヴィッチは何か使命感に燃えてくるようで、ドボルザークは気持よかった。

とにかく三人でトースト一つという画期的な方法で、ぼくらは一人十円で音楽喫茶にまどろむことが出来た。

三十円というのは三人でワリカンにするのにじつに都合がいい。しかもコーヒーという腹の足しにならない液体と違って、トーストという食べ物である。

ただ問題は、トースト一つが四枚になっているということだった。三人とも一枚ずつ食べたあとに、三角形がもう一枚残されている。三十円は三人で割れるけど、四枚というのが三人では割り切れない。

優雅な音楽が流れながら、その残ったトースト一枚に、三人の視線がちらっ、ちらっとよぎるのだった。いいよ、お前食べろよ。いやいいからお前食べろよ、と譲りながら、結局その小さなトースト一切れを、さらに小さく指で三等分するのは難しい作業だった。

コンドウ君

阿佐ヶ谷ではコンドウ・ビン君といっしょに住んでいた。六畳一間に共同の台所つき。隣にやはり六畳の部屋があって、そこの住人との共同である。そこにも男が二人住んでいる。

その時代に若い者が一部屋に一人で住むなんて、それは相当な贅沢である。何ごとも切り詰めて生きていた。いまから見るとずいぶん地球に優しい生活だった。

コンドウ・ビン君は高校の一年後輩。やはり上京して同じ美術学校に行っていた。コンドウ君はそれまで同級生のクニシマ君といっしょに西荻窪に住んでいたけど、それが解消されてぼくとの共同生活になったのである。どういうきっかけだったか忘れたが、何となくウマが合ったのだろう。

いまは地球に優しくはない時代だから、一部屋に男二人の共同生活というと、え？　それはホ……、じゃないの、ということになる。ホの次にはモがつづく。ぼくはそういう考えが悲しい。

男二人の生活をすぐそのように考えるような単純な時代ではないのだ。貧しいということはもっとさまざまな関係が交差していて、ハイブリッドな世の中である。いまは男二人というとすぐホ〇と考える、そういう単純思考の世界が哀れである。

上京する前の高校時代、名古屋の市営住宅では六畳二間に家族が、最高時は九人で住んでいた。男五人に女四人。

それに比べたら上京してからの六畳に二人は贅沢である。ぼくの共同生活の相手は中学同窓で同じ武蔵美《ムサビ》のY野君、姉、コンドウ君、またY野君、武蔵美《ムサビ》のウエダ君、という具合である。

人間というのはそれぞれウマが合うからいっしょに生活もする。でもそのウマというのは人によっていろいろである。それは考え方であったり、神経のつかい方であったり、食べ物の相性であったり。

コンドウ君とは一日おきに料理係を交替した。だいたいはカレー、おでん、あと何だろう。もっと簡単な飯と味噌汁、飯と納豆、というのが定番だったような気がする。そのかわり味噌汁一品の場合は、いろいろ具を入れてトン汁みたいにする。納豆一品の場合も卵を入れたり、葱《ねぎ》や鰹節をたくさん入れたりして迫力をつける。

自炊の食べ物では、ミウラ君のサンマ飯が強烈だった。やはり同郷大分から出て武蔵美《ムサビ》だったが、武蔵小金井の三畳間に一人で住んでいた。六畳に二人というのが、一人だと三畳ということになって、まあ同じである。

ある日遊びに行くと、ちょうど飯を炊いていた。飯を蒸らしている間にこんどはサンマを焼いている。

「ちょうど飯じゃ」

というので、悪いなと思ったけどいろいろ話しているうちに、サンマが焼けた。それをおかずに食べるのかと思っていたら、いきなり蒸らしていた飯の釜の蓋を開ける。湯気がぶわっと出てきて、そこに焼いたサンマを手でちぎってどんどん放り込む。

うえっ？　と思った。あんな生臭いサンマを……。

「これがうめえんじゃ」

といってこんどはその上から醬油をじゃっとかけて、しゃもじで掻き混ぜる。

凄いことするなと思った。考えられない。でも炊きたての湯気もうもうの中で飯とサンマが混じり合って、

「ちっと食うちみるか」

これは大分弁で、ちょっと食べてみるか、ということだけど、茶碗にちょっとだけよそって食べさせてもらった。

これがうまいのである。ほとんど鰻丼だ。一部始終を見ていたから

サンマだと思うけど、これをいきなりさっと出されたら、絶対に鰻丼である。

凄い発明だと思った。一見生臭そうだけど、ぜんぜんうまい。皆さんもこの地球にけわしい時代に、これをやってみるといいと思います。いや地球はとくに関係ないけど、しかし貧乏は発明の母ですね。

コンドウ君はいまブラジルのサンパウロで画伯をやっている。ぼくとの生活の数年後に、移民の資格を取って船で渡った。ずっと忘れていたが、何年か前に一時帰郷した。会うのは何十年振りだったか。いま向こうでは召使いが二、三人いるような生活だという。ブラジルというのはちょうど戦前の日本のような状態らしくて、あのころはちょっといい家庭にはねえや、ばあやがいて不思議はなかった。まだ世の中に階級差があり、召使いが一面では扶養家族の感じだった。

コンドウ君はいまは向こうで抽象絵画を描いている。聞くと渡航したときはまったく何の当てもなく、とにかくはじめはほんのわずかな隙間を見つけて、運もあったが、そこから少しずつ絵の世界を広げていったそうだ。一晩酒を飲みながら、その話は感慨無量だった。

泥棒

前項に書いたコンドウ君と住んでいた六畳の部屋に、泥棒が二人やってきた。

まず美校の先輩がいるのである。妙にテクニックのある渋い絵を描いていていて、けっこう公募展で賞をもらったりしている。その絵の渋さとはうらはらに、人物は目がぐりぐりした太めの体で、けっこう図々しい。まあ先輩だから仕方がないが、仕事は銀座のある有名なバーのバーテンをしている。

ときどき高級な洋酒のビンを五、六本持ってきて置いていく。空ビンだけど、底に五ミリぐらい飲み残しがある。

「洋酒だぞ」

いまと違ってジョニ黒とかオールドパーとかは目玉の飛び出るような高価な時代だ。

そのM山さんが、ある日泥棒を二人連れてきたのだ。中学の同級生らしい。

「こいつら指名手配くってるんだよ。一と月くらい置いてやって」

名古屋で公衆電話を壊して金を盗み歩いたのが発覚したんだそうだ。ほとぼりがさめるまで身を隠すということらしい。

しかし頭から泥棒として紹介されると、やはり緊張する。狭い畳の部屋の中に裸の虎がぬうっと入ってきたみたいで、危険を感じるけど、好奇心も湧く。

泥棒二人は追われているせいもあるのか、おとなしい人たちだった。いざ喧嘩となったらバチーンとやりそうな感じは隠しもっている。でもぼくらのところに世話になる身だから、やはり穏やかだ。

ぼくら二人は画学生だから、アウトローの気分はあっても、じつにしなびた貧乏学生。泥棒の対象になるものなんて何もない。もちろん泥棒には泥棒の一宿一飯の恩義があるから、ぼくらには何もしないという安心感はある。ふつうならとても近づけない獰猛《どうもう》な虎のそばに特別にいられるという、何か特権的な気分もある。

とにかく晩飯を作るのでおかずを買いに行くことにした。泥棒はすまないなという顔をして、いっしょに行くという。いやいいです、いつも自分たちでやってることだから、といってコンドウ君と行こうとしたら、いっしょについてきた。もう春で暖かい季節だけど、白いトレンチコートを着ている。

いつも買物をするよろず屋に行って、さて貧乏だけど、いちおう今日は客人だから何かおかずを一品くらいは増やそうかと思った。あれこれ値段を睨《にら》みながら考えていると、泥棒は、牛缶もいいな、ハムがいいか、とかぶつぶついって、あれこれ手に取って物色している。初日だから何か手土産代りに買うのかな、と思ったが、そうでもなかった。

コンドウ君と勘定をすませて部屋に帰ると、襖を閉めてから、泥棒はトレンチコートの中から缶詰をぞろぞろと出した。ハムもある。ソーセージもある。

後で聞くと、コンドウ君は気が付いていたそうだ。シロートの万引きみたいにきょろきょろなんてまるでせずに、ごくふつうに品物を手に取ってたんたんとポケットに入れていたという。トレンチコートは一種の仕事着というか、カーテンなのだ。

コンドウ君はヒヤヒヤしたけどその場でいうわけにもいかず、まずいよ、もうあの店には当分行けない、といっていた。それはまずいよ。ぼくらの買物の隙にやったんだから、ぼくらも共犯になってしまう。いやその夜はハムや缶詰を食べたんだからもう共犯か。

それからはときどき晩ご飯のおかずが向上した。ぼくらが画学生だというので油絵具を一箱お土産《みやげ》のときもある。それがしかしあまり使わない色をワンケース、という具合だからなかなか実用にはならない。たまに先輩のM山さんが来て、どう、うまくやってるか、という。お前たち、最後に何か欲しい物いえよ、こいつら何でも持ってくるから。

泥棒二人は笑っている。世話になったから、何か礼をするよ。何でもいってみな。

ぼくとコンドウ君は照れてしまって、いやそれは悪いですよ、といいながらも、どちらだったかアイデアルの折り畳み傘を希望したのを覚えている。もう一つは何だったか思い出せない。

ところがその後すぐ、すとんと帰らない日がつづいた。あれ？　別にお礼はいいけど、そのまま消える泥棒じゃないはずだけど、と不思議だった。

三日目に、泥棒が一人だけぼそっと帰ってきた。青白い顔で何もいわず、何かぞっとした。ぼくたちは何となく気配を察して、コートやその他、泥棒たちの持ち物を渡した。彼はそれを黙って受け取り、そのまま出て行った。

後でM山さんに聞くと、前にいた浅草の木賃宿にクリーニングの残りを取りに行って、そこで張り込み刑事に一人が捕まったという。ぼくらはその大立ち回りを想像した。相棒の青白い顔を想うと、それがありありと浮かんでくる。指名手配は本当だったのだ。

お目見え泥棒

泥棒の話はもう一つある。
前に書いたのは泥棒を匿《かくま》った話だが、これは泥棒が紛れ込んだ話。
ぼくの家ではなく友人たちのアジトだ。
アジト〔もとロシア語で、煽動指令部の意〕——(左翼運動の)秘密

本部。二（非合法活動家の）隠れ家。（新明解国語辞典）

まあそれほどのものではないが、日大の映研のＯＢたちが、いまだ捨て切れぬ夢を抱えて住んでいるボロい一軒家が、天沼の橋の下にあったのである。ぼくはもう学生ではなく美術の活動をはじめかけていたけど、よくその一軒家へ出入りしていた。みんな映画とか写真の方の芸術青年だったが、ほとんど酒を飲んでだべるか、麻雀ばかりしていた。

正式に家賃を払っている住人は五人くらいだけど、押入れを改造した三段ベッドなどで十人くらいの収容能力があった。居間には共有財産の本がずらりと古本屋みたいに並び、見たら返す、たまには自分の本を納入するという、暗黙のルールが出来ていた。

その本の減りがあるときから目立ってきたのである。そのうち棚のカメラが一台見当らなくなり、仲間の背広も一着どこかへ行った。鍵もなく出入り自由の開けっ広げだけど、それまでになかった現象だったので、不穏な空気が流れた。犯人は誰だ。

この家自体が何となく犯罪っぽい雰囲気なので、ときどきお巡りが様子を見にくる。どうせならというのでその被害のことをお巡りに話したら、それは「お目見え」だろうという意見だった。やあやあ、と仲間みたいな顔をしていつの間にか上がり込み、気を許した隙にさっと何かを、持ち出す。

そういわれてもここは人の出入りが不特定でわからない。でも一人一人考えればあれはあいつの友達、これはこいつの友達とわかるわけで、こんなボロ家で盗みなんてやりそうなのはいないのだ。

しかしそういえば……、というのが一人いて、最近出入りをはじめた詩人と称する男。住人Aの友達というのだけど、聞くとそのAにしても古い友達というのではないらしい。話は面白く、妙に知識があって、けっこう人気者になっている。で、みんなで駅前まで何か食べに行ったとき、向こうから別の絵描きのグループが来て、その連中にやあやあと声をかけていた。向こうもやあやあと答えていたから親しいのだろう。

というので信頼はしていたが、いわれてみるとそのやあやあが怪しい。両方のグループを仮りにきのう知ったばかりでも、そうやってやあやあが堂に入っていれば、そうか、あの連中とは古いんだというので両方が信頼してしまう。

どうもそいつしかいないというので、もう一度やってきたときそれとなく問い詰めると、本なんて知らないという顔をしている。でもチラッとうろたえる気配があった。どうもおかしいのでそのまま帰さずに、あの手この手で問い詰めていくと、とうとう本を持ち出して売ったことを吐いた。やっぱりそうかというので不穏な空気はむき出しになり、いやいずれ返すつもりだったとかいろいろ弁明するところを、次にはカメラを問い詰める。これは頑強に否定していたが、もうそうなったら明らかである。たまりかねた仲間から鉄拳が飛んだ。

みんな金はないけど、この家でだけは共有財産の共同生活を楽しんでいる。だから開けっ広げにしてるんだけど、そこにつけ込んでこそこそ裏切りをする奴が許せないのだ。

鉄拳が効いたのか、とうとうカメラの持ち出しも吐いてしまって、次は背広だ。

ところが背広はがんとして否定する。そこまでできたら隠してもしょうがないのに、と思うけど、そんなものは俺は知らないという。

もう深夜になっていたので、橋の下の線路際まで連れ出した。この辺からはもう映画みたいだ。闇の中で、だいたいみんな殴ったんじゃないか。ぼくだけはそこの住人でなく、それに殴るタイプじゃないのでじっと見ていた。どうして背広のことを吐かないのだろうかと思った。

その辺でみんな諦めて、背広の件は保留にした。背広の持ち主だった急先鋒の鉄拳君も、ふと力の抜けた気配があったのだ。

鉄拳が終り、吐いてしまえば、とりあえずはもうしょうがない。泥棒で嘘つきとはいえ、まあ何らかの面白さは持った奴なので、一軒家に戻るとそいつを諭しながら酒を飲んだ。ほっとしてまた調子のいい詩人に戻るところが根っからのそいつのしょうがなさだけど、その告白するところでは、殴られている間は怖かったという。鉄拳そのものはむしろ痛いだけでしまいに怖くはなくなるんだけど、殴らずにじーっと見ているAさんの目がいちばん怖かったという。

Aさんとはぼくのことだ。ぎょっとした。いわれてたしかに、ぼくもそういうぼくの目を想像して怖くなってしまった。

最後まで吐かなかった背広は、その後鉄拳君の方の男女関係のからみで別の消え方をした可能性が出てきたようで、鉄拳君もあれはもういいんだいいいんだと打ち消していた。

サンドイッチマン

サンドイッチマンは辛いアルバイトだったが、少し馴れて、季節が春や秋になると楽な時間を過せる。いちばん辛いのは冬。寒さは気分でずいぶん違う。こちこちの寒い道路を歩いていても、その先で暖かい部屋に駆け込めるのだと思うと、少々の寒さも平気なもんだ。

でもサンドイッチマンはその場から動けない。この先何時間もそこに縛られる。そうなるとその寒さがじつに残酷に体に染みてくる。夏は夏で、冷蔵庫から出しっ放しのバターみたいに、体がだらーんと溶けてしまう。

それがあるから、春や秋は天国だった。恥ずかしさに馴れてくると、立っているだけでいいのだから、これはこれで楽な商売である。

そのころ渋谷のその通りに、サンドイッチマンは四、五人いた。バレエ・ダンサー志望の男、東南アジア帰りの男、美術学校の男、サンドイッチマンじゃないけど三脚のそばにじっと立つ似顔絵描きも美術学校の男、その横で何か一攫千金《いっかくせんきん》を画策している靴磨きの革ジャンの男。いずれも路上でそう忙しくはないわけで、ときどき近寄っては何か冗談をいい、ちょっと話して気をまぎらわせていた。

その中にワダさんという年上の人がいて、顎髭《あごひげ》を生やして、眼鏡の奥の目が穏やかで、何かダンディな感じだった。シャツにしても靴にしても、古いけど、ふつうにはちょっと売ってないようなのを身につけていて、そのセンスが目立たないけど洒落《しゃれ》ている。寡黙だけど、噂によると予科練帰りということで、そういえば道を通るヤーさんも一目置いていているようだと、仲間のY野君もいう。非常に気になる存在である。

ぼくとY野君はNトーキョーというビアホールのプラカードを持ち、それぞれ二十メートルくらい離れた本屋と家具屋の前に立っている。そして三十分おきにゆっくり歩いて場所を交替する。ワダさんはそのもう少し先の銀行の前に立っていて、プラカードは何だったたか、たしかどこかのクラブのものだったと思う。

ある日ワダさんがプラカードを持って立ちながら、小脇に本を一冊抱えていた。そのスタイルが格好いい。サンドイッチマンをしながら本を小脇にというのが、わざとやるとキザになるけど、この場合はじつにさりげなかった。

その本というのが花田清輝の『映画的思考』。

ぼくはぜんぜん知らない。ぼくは知識方面は大変うとい。でもY野君はちょっと知っていて、そうか、花田清輝か、といっている。

その後Y野君はワダさんとその本について話したようで、ワダさんが読んだあと借りてきた。これは面白いという。Y野君はぼくの小学校のころからの友達なので、性質は知っている。Y野君の面白いのは、ほとんどぼくも面白いので、ぼくもその本を買ってきた。

面白かったですね。

ぼくは若いころ花田清輝の本を何冊か読んで、考え方の上でいちばん影響を受けているんだけど、これがその最初だった。

表紙は『ロンリーマン』という西部劇の主人公。馬に乗ってどーんと首をうなだれている。たしかそうだったと思うが、中身はけっこう芸術映画について書いているのに、その表紙がそういう紙芝居的西部劇の大きな写真で、その落差が格好いいとY野君がしきりに感心していて、ぼくもだんだんつられてそう思った。

ワダさんも当然その感覚が好きで本を小脇に抱えていたわけで、ときどき三人でそんな話をするようになった。というよりぼくらが年上のワダさんの話を聞くのだけど、ちょうどそのころルイ・マル監督の『死刑台のエレベーター』が来た。ヌーベルバーグの走りで、その新鮮な映像もさることながら、モダンジャズがはじめて映画音楽に使われたというので、いったいどんな具合になるのかとみんな話し合っていた。

それまでの映画音楽はまずクラシック調で、物語の場面に寄り添うように音が流れていく。それがしかしモダンジャズというのは独自の勝手なリズムだから、場面にどう合うのか想像が出来なかった。ワダさんがとくにそれを心配していて、いちばんに見に行った。

次の日、どうだったかとワダさんの顔を見ていると、うーん、場面とはばらばらなんだけど、でも意外と合っている、とワダさんはいっていた。何かしらホッとした。そしてぼくらも何日かして、なけなしの金をはたいて『死刑台のエレベーター』を見たのである。ひやーっと涼しくて、寂しく、しかも気持のいい映画だった。

ぼくらがサンドイッチマンをやめたあとも、ワダさんはしばらくやっていて、Y野君とときどき渋谷に行っては、「仕事中」のワダさんと映画のことや展覧会のことなど立ち話をした。そのうちこちらもだんだん行かなくなり、ある時行くと、もうワダさんはその場所にいなかった。

自転車泥棒

前に泥棒とのおつき合いを報告したが、自分たちが泥棒したこともなくはなかった。申し訳ない。反省している。

そのときもすぐに反省した。だから一瞬の泥棒である。

自転車。

当時『自転車泥棒』というイタリア映画があった。身につまされる。あれは素晴しい傑作だった。あのころは自転車といえば大変な高級品だった。

いまは自転車泥棒なんてたくさん見かける。盗品と思われる自転車が、あちこちにいかにも乗り捨てたという感じで放置してある。車輪が曲がって、チェーンやその他がわざとねじ切られたりしている。あいうのを見ると腹が立つ。もっと真面目にやれと言いたい。あまりにも自転車が馬鹿にされて、可哀相だ。欲しくて盗んでいるんじゃなくて、ほんのいたずらとか、酔っ払ってのふざけ半分でいたぶられている。

ぼくらの場合も酔っ払ってはいた。申し訳ない。ぼくらとは、ぼくとY野君である。上京して二年目、あるいは三年目だったかな。

Y野君は小学校からの親友で、上京して最初の一年近くを共同生活していた。でも一年いっしょに暮す間にいろいろ嫌になって分かれた。当時の貧乏な世の中で学生の共同生活は常識だから、互いに別の友人とくっついたり離れたりして、あれこれ暮した末にもう一度Y野君と共同生活をはじめた。

最初の全面的な信頼が壊れているだけに、まあかえって互いに距離をおく感覚を身につけていて、それはそれでよかった。

でも貧乏は相変らずである。

で、当時、自転車といえば高級品だった。いまみたいに大量生産の安物の自転車なんて世の中になかった。

でも、気の弱い人間がいちばん盗めそうに思えるのも自転車で、映画『自転車泥棒』でご覧の通り。といってもやはり大変な犯罪である。

芋なら盗んだことがあった。深夜、畑にじっとしているジャガ芋を、こっそり掘って持って来たのだ。腹が減って必死の思いで、それで何日かは食いつないだ。それは第一次のときのY野君との共同作業だった。申し訳ない。

パンもちょっともらったことがある。深夜の帰り道、パン屋の店の奥に明かりがついてパンを製造している。あ、まだ起きてる、と思って、

「食パン下さーい」

と大きな声でいうけど、ガラス越しで聞こえない。向こうは機械の音のせいか、まったく気がつかないのだ。大声で三回言ったけど、まだわからない。何だか面倒になり、そうだ、わざわざ買わなくてももらえばいいのかな、と思ってもらったら、もらえてしまった。まだ切ってない食パンを一本肩に担いで帰りながら、まああれだけ沢山作っ

ているのだからいいだろうと思った。買うつもりで大声で言ったのに聞こえなかったんだし。

なんて増長してはいけない。これはやっぱり悪いおこないだ。反省している。

そんなある日。といって毎日がそうじゃなくてパンはその一回だけだが、そんな貧乏なある日、ぼくは下宿でもう蒲団に入っていた。何ごとか考えていたか、あるいはもう眠っていたんだと思う。そうだ眠っていた。Y野君が「おい、おい」とゆすっていて、目が覚めたら部屋に明かりがついているのだ。床の上にピカピカの自転車が置いてあった。

「どげーしたんじゃ」

どうしたのか、という大分弁であるが、びっくりした。二人で自転車が欲しいとか言いながら、自転車泥棒の場面を想像するだけでどきどきしていた。やっぱりムリだよ、と思っていた。それが目の前にある。ピカピカの、相当いい自転車だ。

Y野君は酒臭かった。少し昂奮している。大丈夫かな、と思ったけど、深夜で誰もいなくて、簡単に持ってこれたという。でもとうとうやってしまったという昂奮で、外に置いたのでは大家さんにバレるので、部屋の中まで持ち込んだのだ。

部屋の中に「土足のまま」の自転車がある光景に、ぼくも昂奮した。昂奮しながら怖くなった。

「これまじいど」

「まじいかな」

Y野君もちょっとひるんだ。

「買うたちゅうてん、いきなりじゃけん、大家にばるる」

「ばるるかの」

目の前に、もう手中にした自転車があるのだけど、明くる日からのことを考えると怖くなる。

まずはぼくの恐怖心が部屋中に広がり、お陰でY野君の手柄が急にしぼんでいった。その点、Y野君にはワルイと思うが、やっぱり二人ともワルをするには気が弱かった。結局は自転車をまたそっと外に出して、Y野君が夜中の道を返しに行った。臆病な貧乏人の、一瞬の泥棒。

アテネ・フランセ

阿佐ヶ谷でいっしょに住んでいたコンドウ・ビン君。後にブラジルに渡って画家として成功する人だけど、彼といっしょに、何と、アテネ・フランセに通ったことがあるのだ。

お茶の水にあるフランス語の学校である。いまもある。でもぼくらの学生時代は、いまよりもっと強くフランス語が輝やいていた。

それを証明できるか。できるんですね。何故かというと、あの時代には映画といえばまず第一がフランス映画だったんだから。

アメリカ映画もあったが、あんなのは軽い紙芝居だと思われていた。

西部劇はたしかにアメリカのオリジナルだけど、西部劇の名作はどうしても紙芝居の名作ということに止まる、芸術的名作といえば、それはもうフランス映画ですよ、という時代だった。いまの若い人には想像できないだろうが。

　別の見方をすれば、白黒映画の時代である。ルネ・クレマン、マルセル・カルネ、ルネ・クレール、ヘッドライト、リラの門、ジャン・ギャバン、男の争い、女の一生、フランソワーズ・アルヌール、とか何とか、すべてモノクロームのイメージである。重く、暗く、ゆっくりで、じーんとしびれる映画ばかりだった。そのフランス語というのが、ジュジュ、ヴヴ、ドゥドゥ、ヴパッセ、とか何とか、どことなく低音で暗っぽく、シュー、ファー、ヒャーとかいう高音の英語よりはずっと濃密に感じられた。

だから当時の若者も、そのマネをしながら、古着っぽいものを着て(もっとも古着しかなかったが)、ちょっと思索的な、暗っぽいポーズをとったりして、深みのある目つきをしようとしながら、いろいろ努力していた。

コンドウ君はよくベレー帽をかぶっていて、それがまた似合っていた。フランス語熱はぼくよりも高く、ぜひとも行きたいという感じで、ぼくの方がつられて行ったのだと思う。月謝はいくらだったか、ぼくはおそらくサンドイッチマンとかお盆彫りの賃金の中から、それを絞り出したのだ。よほど切実なことだったのだろう。

お茶の水の駅から五分ほど歩いたところで、いまも当時の感じが残っていると思うが、アーチ形の入口があったりして、セメントの感触が古くて良かった。

まず最初の初等和訳科に入り、そこはふつうに日本人の先生が日本語で説明しながら、フランス語を教えてくれる。それは三ヶ月で、次からはフランス人の先生がすべてフランス語でやることになるけど、まずやはり初等和訳科の三ヶ月だ。

それまで武蔵美《ムサビ》の鬱屈した世界しか知らなかったものが、東京都心部のお茶の水で学んでいる。その「学んでいる」という雰囲気に嬉しくなった。華やかな女性の雰囲気もたくさんあったし。

じつはぼくには十歳上の姉がいて、戦中から戦後にかけて東京の女子美に通っていた。ずいぶん後になってから、アテネ・フランセのことを話すと、あら、あたしたちも行ってたわよ、という。女子美の仲間と連れ立って、フランス語を習いに行ったという。でも習うというより、あたしたちはほとんど、

「男漁りに行ってたのよ」

といわれて、うはっと思った。たまりませんね。

ぼくらだってそういう気分をときめかせてはいたけど、そこまではっきりコンセプトはなかった。もうちょっとウブで、もうちょっとつぶらな瞳でしたよ。

そこで習ったフランス語は、まず、

「牝牛棒食う」

だった。アリガトウである。日本人はまずローマ字というのを習う

から、Rはルだときめて「メルシー」といってしまう。そうじゃなくて「牝牛」なんだ。このように漢字で覚えた方がわかりやすい、という話で、ほほう、なるほど、と思った。

そんなことでいちおう三ヶ月行ったんだから、偉い。週に一回だったかな。あるいは二回か。

初等和訳科が終り、いよいよ次の段階になった。どうなるのかと思っていたら、教壇にフランス人の女先生が出てきた。真っ赤な口紅に真っ赤なマニキュアで、凄い、ナマのフランス人だと思った。

いまと違って、日本で外国人を見ることはほとんどなかった。たまに見かけてもアメリカ人。それでも物凄く珍しかったのに、フランス人の、それも女性である。

でも全部フランス語でしゃべるので、やはりわからない。その先生はいろいろしゃべりながら、机の間をコッコッと歩いて来た。ぼくの近くまで来て、くるっと振り返って戻って行ったんだけど、そのとき見たら指の赤いマニキュアがずいぶんべかべかに剝げていた。ちょっとそれはショックだった。遠くからは綺麗で凄いと思っていたのに。まあ覚えているのはそんなことくらいで、ぼくもコンドウ君もいつの間にか行かなくなった。

盛りそば

東京でちょっとトクなアルバイトをやった。絵の先生のお手伝いである。

毎年「日展」というものがあって、高校の絵の先生たちが応募する。ほぼ完成の近づいた絵を東京まで持ち込んできて、上野の美術館に近いお寺で合宿をするのだ。そこで二、三日最後の仕上げをして、それから美術館に搬入する。ごく短い距離だけど、何しろ大きな絵だから簡単には運べない。そこでリヤカーを借りてその運搬を請負う。それを去年先輩がやったそうで、今年もあるから、お前、手伝わないか、ということだった。

一人一点五百円だったか。短い距離にしてはかなり高いが、まあ年に一度の晴舞台だから先生方は上気していて、そのくらいはフンパッするという雰囲気だった。

ぼくらの高校の日本画の先生も、その中に加わっているのである。その先生の発案でそういうアルバイトが先輩のところにきたのである。ぼくが上京して一年目のときだった。先輩に連れられてその上野のお寺に行くと、広い部屋に絵が並んで、しーんとしていた。みんなが一個所に立って、中心で一人、こそりとしゃべっている人がいる。グループの師匠筋に当たる日展の審査員の大先生で、あらかじめ一点ずつ見て、足りないところを指導しているのだ。

高校野球の世界でもプロがアマの直接指導をしてはいけないとか、規制があったりして、この場合も本当はいけないことのような、みんな緊張した雰囲気だった。ぼくらの高校の先生も神妙な態度で聞き入っていて、何か意外な一面を見たような気がした。先生もじつは生徒だったんだ。

その明くる日だったと思うが、ぼくらはリヤカーに絵をつぎつぎに載せて運んで、お金を手にした。ぼくらはリヤカーを戻して、先生のところへ行った。仕事が全部すんだので、おそばをご馳走してくれるというのだ。先生はまた先生に戻っていた。

それから駅の近くのそば屋へ行ったんだと思うが、ぼくはそばを食べるのは生れてはじめてだった。

そもそもそばというのは西日本にはない。ぼくの育ったのは、芦屋、門司、大分、名古屋というそばなしゾーンである。いまはもう流通革命後の世界だから、そばを食べようと思えばどこでも食べられる。でもぼくの場合はそばといえば小説の中でしか知らなかったのだ。

納豆も同様である。これも関東から北、あるいは東というか、まず西方ではお目にかかることがなかった。少年小説の中で納豆売りの貧しい少年とか出てきて、納豆というのはどんなに美味しいものだろうかと想像するほかはなかった。

そばも想像の世界のもので、右手の箸を高く上げてそばを食べている江戸時代の絵など見て、不思議な食べものだと思っていたのだ。

それが目の前にある。先輩とぼくが盛りそばで、先生はざるそばだった。盛りそばは四角い容器で、先生のは丸くて上に海苔が載っている。先生はそれを箸でつまみ上げて、箸から下げたそばの先をうまくそば猪口《ちょこ》のおつゆに入れて、それから口に持っていってつるつると食べる。

その食べ方はだいたいは想像していたが、はじめてなのでなかなかうまくいかなかった。そばがうまくつまめなかったり、上までうまく上がりにくかったり、上がったはいいけど、どこまで上げてもついてきて下ろしようがなかったり、仕方なく途中でそば猪口に入れると、そばが横に、二見ヶ浦の夫婦岩の〆縄みたいになってしまって、箸で切ろうとしてもうまくいかず、仕方なくそば猪口に入れた分だけまず口に入れて、つづいて残りを、とやっていると、そばがみんなぞろぞろついてきたりして、うわァ大変だと思った。

先生は慣れているのでそうはならずに、するっ、するするっ、と食べている。

「毎年ね、こうやってそばを食べると、ああ東京へ来たなって思うんだよ」

と先生は感慨深げに言った。絵が完成し、搬入も終えて、東京のそばも食べて、先生は充実したにこやかな顔をしていた。やっぱり先生は先生の方がいい。

ぼくはとりあえずそばを食べて、さて、と思った。後はどうすればいいのだろう。

盛りそばの容器はご承知のように、高さのある四角い枠の上にスノコが載り、そばを盛って出てくる。それをまず食べてしまってスノコの上は空だ。先生も先輩も話をしていてなかなか先へ進まない。まさかこれで終りではないだろう。ボリュームとしては少しだし。でもおかしいなと思って、そっとスノコをめくってみた。その下に当然次のそばがあると思ったのに、何もない。底がなくて、いきなり机の板が見える。

びっくりした。もうこれで終りなんだ。ぼくはめくったスノコをそっと戻した。先生と先輩がまだ話している。生れてはじめての盛りそば体験だった。

デパートの仕事

さてアルバイト、アルバイト。人間金がなければ食べていけない。それが上京してからいやおうなく自覚させられたことだった。

はじめは新しい生活に舞い上がっているからそんな自覚はない。でも一と月もすれば資金は尽きる。さあどうする。

最初はとにかく「食べる」ということだった。とにかくその日の一食を何とかして、何か食べる。でも時間というのはなすすべもなくそのまま過ぎていくもので、その日が過ぎたと思ったらすぐ次の日がやってくる。今日の一食を食べるというだけでなく、毎日を食べていかなければいけない。

当り前のことだけど、それをいやおうなく自覚させられた。

大人の世界の入口である。嫌な入口でもある。子供のころ、大人たちの会話の中に「食べていく」という言葉が出てきて、何だか嫌だった。

「あの人はいまは〇〇で食べてるそうだよ」

とか、

「○○でもやらないと食べていけないからね」

とかいう話に接すると、子供としては顔をしかめた。食べることばかり気にして、大人は何だかいやしいと思ったのだ。そんな食べることよりもっと大事なことがあるんじゃないか、と考えていた。

子供の脳みそはまだ小さくて、まだ全部が作動しきっていない。脳みその働きをあれこれテストしている段階だから、まあムリもないことである。そんな脳みそを持ったまま上京して、すぐ金がなくなり、食えない。ひもじい思いが広がり、次の日も、その次の日も食べられる予定がない。

いちばん慌てるのが脳みそだった。食べていくという言葉なんて軽蔑していたのに、仕方なく屈服しなければならなくなってくる。こんな嫌な入口を入って行ったその先何があるのか。

そんなことにまず思い悩むのだけど、食べられない日が一日、二日とつづくと、もう悩む余裕がなくなる。とにかく稼がないといけない。嫌な奴だと思っていた先輩の話にも寄っていったりして、藁にもすがる思いで、アルバイトの口をもらうのである。

夜の仕事があった。といっても力仕事である。デパートの上の階まで材木を担ぎ上げる。展示装飾の会社の仕事だ。デパートはもちろん昼間営業しているから、そういった裏方の仕事は夜である。徹夜になるからかなりいい率のお金がもらえる。そのかわり体力がいるぞといわれて、仲間と二人ぐらいで行ったのだと思う。日当は、さすがに忘れた。

日本橋の白木屋デパートである。いまはもうないが、白木屋というとじつに懐かしい。当時の空気の一部がふっと蘇える。

その夜の白木屋デパートの裏にはトラックが停まって、男たちが十人か二十人か働いていた。材木はたしか、はじめは裏の階段を担いで昇っていたんだけど、それではムリだというので店内の階段を昇ることにしたんじゃないか。踊り場のところでカーブを切るとき、物凄く慎重にやっていたのを覚えている。

直進の階段は気苦労がいらなかった。重いけど、担いで昇るだけでいいから、きつくてハアハアはいうけど神経は遣わなくてもすむ。でも踊り場で方向転換するとき、材木の長さがぎりぎりなのだ。自分の部屋なら少々ぶっつけてもいいけど、デパートの階段である。昼間はおしゃれをした人たちが大勢行き来するところ、だからかすり傷でもつけるわけにはいかない。

まずは肩に担いでずんずんずんと階段を昇り、踊り場にくると急に暗黒舞踏のようになる。階段のいちばん端に寄って、腰をかがめ気味にしながら、ゆっくりと体を回転させていく。回転させながら、材木の前と後ろに常に視線を走らせ、壁面との距離に細心の注意を払う。材木の端がゆっくりと弧を描いて、壁面すれすれに通過していく。それをじーっと肩で支えて、肩につながる胴体を腰で支えて、ぐいーんと回ってきた材木が階段と平行になったところで、やっと腰を持ち上げて昇りはじめる。

そうやってたしかデパートの最上階か、あるいは屋上までだったか、一本の材木を運ぶのに階段の途中途中で何回、何十回と暗黒舞踏を繰り返しながら、労働をつづけていくのだった。

労働というのは辛いものである。その辛さを克服するには何かご褒美がいる。ぼくらはそんな仕事ははじめてなので、その物珍しさが多少のご褒美になった。閉店後の深夜のデパート内にいるというのが凄く特権的なことに思えて、それもご褒美になった。昇るときは必死だけど、降りるときは店内の高級な商品がちらちら見える。それが何か豪華な宝の山に昇っているみたいで、そんな贅沢感もご褒美になって、一人あて何本か何十本か運び終えたときにはへとへとになっていた。

鯨テキ屋

中央線の阿佐ヶ谷にはずいぶん住んだ。駅の北側で三個所、南側で二個所。間借りかアパートである。

だいたいは自炊のできるところだったが、一回だけ外食の間借りをした。自炊設備がないのだ。外食は手間がいらないけど高くつくので、貧乏学生はみんな自炊だった。ぼくもだいたいはそうだったが、そのときはあれこれ選んでいられない事情があって、まあ外食でもやっていけるかもしれない、と思ったのだ。外食の金がなくなったら、パンかコロッケか買ってきて部屋の中でかじればいいか。

いまだったらコンビニでおにぎり、やきそば、お惣菜、何でも売っている。味噌汁だって売っているし、お湯を沸かすポットだってある。でも昔はそんなもの、一切なかった。

そのとき借りた部屋は、部屋の中で石油コンロ厳禁、電熱器厳禁、要するに冬でも暖房はするなということで、下の部屋で大家の痩せたお婆さんがじっと聞き耳を立てている。

たしかにそのころの石油コンロや電熱器は不完全で、事故も多かったのだろう。とはいえ、冬はやはり火がなければ寒いですよ。

ぼくは引越し荷物の中に石油コンロを持っていたので、冬の日にたまらずこっそり火をつけた。そうしたらもう気配を察したのか、大家のお婆さんがパタパタとハタキで掃除するふりをしながら階段を昇っ

てくる。ぼくは慌てて火を消して、石油コンロを押入れの中に仕舞った。お婆さんはパタパタと、

「掃除しましょう」

なんて無断で部屋の襖まで開けてしまって、クンクン鼻をひくつかせながら、

「何だか、臭いわね……、臭いわね……」

とこちらをジロリと見ている。ぼくは、

「そうですか」

と何喰わぬ顔をしながら、もうこんな部屋は出ようと思った。でも仕方なく三ヶ月ぐらいはいたんじゃないだろうか。

そのころの阿佐ヶ谷北口駅前は、広場のような空き地のようなとこ

ろが広がっていて、その先にアーケードがつづく。その空き地にばらばらとベニヤ板の建物、まあ小屋といった方がいいが、定食屋とか、飲み屋とかいろいろあって、そうだ、そのころは弓屋なんてあったのだ。入口に弓が立てかけてあり、遠くの壁際に砂が盛ってあり、丸い的が三つほど並んでいて、そこを目がけて矢を射る。一本いくらだったか忘れたが、優雅でしたね。ヒマというか。

定食屋で鯨テキの安くてうまい店があって、渋谷でのサンドイッチマンで日当を貰った帰り、阿佐ヶ谷駅で降りるとその店でよく食べていた。

いまは捕鯨禁止で、鯨肉なんてあったらむしろ珍味で高いのかもしれないが、当時は牛肉豚肉よりはるかに安い肉だった。そのままでは臭くて、なかなかふつうでは食べられるものではなかったのだ。

でもその店の鯨テキというのは、何故か臭みがなくてうまかった。テキとはステーキのテキのことなんだけど、テキといっても薄い小さな肉がぱらぱらとある。いまなら焼き肉で出てくる、ちょうどあんな大きさ。あの一人前ぐらいのが油たっぷりで炒めて、醬油か何かで味付けされて出てくる。

鯨肉というのは案外脂気のないぱさぱさしたものだから、それを油たっぷりで炒めているところがミソなのだろう。その店の客はだいたいはその鯨テキを食べていた。

いつも浅黒い肌に眼鏡でダミ声の親父さんが調理しているんだけど、ある日新しい職人さんがフライパンを手にしていた。柄にもなくちゃんと白い帽子に白いエプロンなんてしてて、えらく真面目な手つきで、左手にフライパン右手におさえ箸で、中の肉を調子をつけて放り上げながら炒めている。でもどうもその人の炒めた鯨テキは味がうすいようで、いつもの味と違うので、ちょっと不満の声が出たりしている。

親父さんは、

「すいませんね」

とか言いながら、その新しい職人さんにはもっと味を濃くするように言っている。でもその職人さんは、それには抵抗があるらしい。料理は薄味、という信条みたいだ。

「そりゃねえ、料亭じゃそうかもしらんが、ここに来られるのは労働者の方々なんだから」

ぼくはその「労働者」という言葉に、お、と思った。親父さん、シンポ派だ。労働者なんて、文章ならともかく、ふつうの会話では使いませんよ。まあしかし親父さんとしては、ある種のウケ狙いだったのかもしれない。

その職人さんは次の料理から、渋々と味を濃い目にしているようだった。なるほど、ぷよっと小肥りの白い肌をしていて、前はちゃんとした料亭で働いていたのかもしれない。それがこんな鯨テキの店に、何だか転がり込んできたという感じで、前の店で何か不始末でもしでかしたのだろうか、と思ったりした。

タバコ

タバコを吸ったのは東京へ出てきてからだった。吉祥寺の武蔵野美術学校へ入ったのが十八歳。だいたいタバコを吸いたがる時期である。高校時代には吸いたいとは思わなかった。卒業間際に酒はちょっとだけ飲んだが、タバコまでは手が伸びなかった。別に我慢していたわけではなくて、単に口に入れるものとしての魅力がなかったのである。仲間にタバコを吸う者もいなかったし。

ところが東京に出てくると、みんな吸いはじめている。合法的には二十歳からだが、もう親元を離れているし、一人前になりたいし、タバコを吸わなければ大人になれないという思い込みもあった。

それに何といっても、いまよりもタバコが輝いていた。いまは、

「健康のため吸い過ぎに注意しましょう」

だけど、そのころは、

「今日も元気だ、タバコがうまい」

だったのである。たしか〈いこい〉というタバコの宣伝コピーだと思う。年齢を別にすれば、タバコを吸うことの後ろめたさなんてないどころか、それがいちばん恰好いい男の瞬間だった。

俳優でいうとハンフリー・ボガード。ソフトを被って、トレンチコートの襟を立てて、タバコをくわえて、両手で包むようにしてマッチの火をつけて、火をつけながらチロッと人を見たりする。

大人だなあと思った。大人の男の恰好よさ。吸い終ると、タバコを指でつまんでピーンと弾き飛ばしたりする。いまはそんなことをしたらすぐにヒンシュクをかう。禁煙席が増えて嫌煙権という言葉まで出来てしまえば、タバコが恰好いいとはいってられない。

とはいえいまの若者も、大人のふりをしたくてタバコを吸う。でもいまはもうタバコが輝いていないので、その恰好がどことなく陰湿に見えてしまう。それがわかっていながらあえて陰湿さにひたるというところがあって、そこがやはり昔とは違う。タバコを吸うことの不良気分は、昔もいまも同じにしても、昔の不良気分にはそういう淀みがなかった。

で、ぼくにだって不良気分があるからタバコを吸ったわけだが、不ま味《ず》かったなあ。でも味じゃないんだ、恰好なんだと背伸びして吸ううち、タバコの味を覚えてしまった。

不味いのは吸い殻が多かったということもある。何しろ貧乏学生だから、人のをもらったり、灰皿に残っているのを吸ったり。道に落ちているのを拾うのはさすがに躊躇《ちゅうちょ》したが、それでも人の見ていないときにはたまに拾ってキセルで吸ったと思う。

だんだん当り前に吸うようになったころ、アルバイトの休み時間に、渋谷の細長い公園でタバコを吸っていた。そうすると大人が二人ゆっくりと近づいてきて、

「君は何歳？」

と訊かれた。何だろうと思ったが、ぼくは馬鹿正直なところがあっ

て、つい本当の年齢を答えた。答えながら（あ……）と思った。大人二人と思ったのは、どうやら私服警官なのだ。お巡りといえば制服しか頭になかったが、そうか、これが私服警官というものか、と思ったときはもう遅くて、大人二人はもう隣に坐っている。

そんなにきつい調子ではなかったが、未成年はタバコを吸ってはいけないんだということをコンコンとさとされた。たしかに法的にはそうなんだろうが、ぼくの表情には不満が広がり、暗い気持になってしまった。

タバコを出しなさいといわれて、二十本入りの〈しんせい〉だったか〈いこい〉だったか、まだ半分以上残っているのを出した。取り上げられるのかと思ったら、大人の一人がペンを取り出し、十二本在中、とか、何かそういうことをタバコの箱に書いている。

「帰ったらご両親に渡しなさい。必ず渡すんだよ」

といわれた。なるほど、そういうことなのか。タバコはいちおうぼくの物だから、取り上げるわけにはいかないんだ。

その代りマッチを取り上げられたような気がする。さすがにもうその記憶はさだかではないが、たしかそうだったと思う。何か独特の作法を感じたのは覚えている。

時代だなあと思う。いまでは考えられないやりとりだ。道徳的というか、牧歌的というか。

ぼくはタバコを返してもらったのでホッとした。でも馬鹿正直なので、緊張はつづいていた。両親に渡すといっても、両親は名古屋だ。

ぼくは東京だ。それを本当に渡すほどには、ぼくも馬鹿正直じゃなかった。その公園を離れて、駅のホームだったか、あるいは自分の下宿に帰ってからだったか、その返された箱のタバコを一本吸って、大人二人を裏切りながら、ぼくはまた一歩大人になったような気がしていた。

プロのレタリング

さて、装飾屋のアルバイトがけっこうつづいて、だんだん常連みたいになり、デパートの現場にも出張するようになった。

デパートではよく催し物をやる。名画の展覧会、地方の物産展、あるいは新製品のキャンペーンの展示会など、じつにさまざま。

催し物があればいろんな説明板があり、年表を書いたパネルがあり、コーナーごとの看板があり、レタリングの仕事は大忙しである。だいたいは会社で仕上げて持ち込むんだけど、現場で変更になったり、新しく必要になったり、しかも時間が限られているから、次第に戦争状態になってくる。

テパートの週に一回の休日、それが催事場の模様替えの勝負の日となる。まあ一日では終らず、夜中に食い込み、さらに明け方になり、朝の開店間際のぎりぎりに仕上がるというのがほとんどである。

こちらはまだまだプロじゃなくアルバイトだから、会社ではメーカーのマークを拡大して描いたり、図面に色を塗ったり、わりと単調な仕事をのんびりやっている。でもたまに、何かのタイトル文字くらいを描かされたりする。タイトルなら文字も少なく、大きいので、多少の心得があれば、ゆっくり時間をかけて描くことができる。とはいえ練習じゃなく本番だから、緊張する。マークとかロゴというのは特殊なものだから、意外とアラが目立たない。でもふつうの明朝とかゴチックの文字は、ふだん見ているから非常にアラが目立つ。だから一文字描くだけで腕の筋肉がかちかちになり、ホウ、と溜息をつく。下描きもなしですいすい描いていくプロを、改めて尊敬するのだった。

そしてデパートの現場である。こちらは常連とはいえアルバイトだから、雑用的な仕事をあれこれ消化しながら、休日の、客を締め出したデパート内にいるという一種の特権を楽しんでいる。でも世の中甘くないですね。

現場仕事が真夜中を過ぎ、やっぱり今回も徹夜か、と思っていると、レタリングの仕事が回ってきた。

「え？」

と驚くと、その人は営業の方の人で、ぼくが文字描きの一人だと思っているのだ。渡された原稿とパネルを手に、先輩の文字描きのところへ行って、

「あの、これ……」

というが、先輩たちはちらっと見て、あとは自分の仕事に取り組んでいる。もう時間がないのだ。とにかく自分のパネルを描き上げなくてはいけない。漢字、ひらがな、漢字、ひらがな、ときっちりした字

を描き進めながら、ときどき筆にさっと絵具を含ませ、またすうっ、すっ、すすっ、すっ、と描いていく。ぼくが困っていると、やっと手を休めて原稿を受け取り、ざっと目を通して、そのまま返される。返されたって、ど、どうすればいいんだと困っていると、

「まかせる。君が描いて」

といわれた。え？　ぼくが……、と思うが、もうアルバイトとはいえ現場の事情はわかる。みんな、どう見ても手一杯だ。うーん、しかし……。

先輩は自分のパネルに取り組みながら、もう一度ぼくの目をちらっと見た。そしてまた漢字、ひらがな、すうっ、すっ、すすっ、と描き進みながら、

「筆、あるよ……」

という。貸してあげるということ。

「いえ、ぼくの、持ってます」

といってしまった。アルバイトとはいえ、塗ったり描いたりするのが仕事だから、先輩の見よう見まねで、自分の筆を何本か持ってきている。

ぼくは現場の片隅に自分の場所をしつらえて、パネルを置いた。原稿の文字数を数えて、パネルに鉛筆の線を淡く碁盤目に引きながら割りつけをしていく。いつもはプロの文字描きのために割りつけをしているが、これは自分が描くための割りつけである。

割りつけが終り、さて、いよいよ、筆先の絵具を整えて、上がりそうになるが、もう会場の準備はざわざわ進んでいて、上がっている暇もないのだ。

漢字、ひらがな、漢字、ひらがな。いままでにも自分で練習したり、ゆっくりなら本番で少し描いたことのあるレタリングを、思い切ってパネルの碁盤目の中に描き並べていく。一文字、二文字……。一列、二列……。三分の一ほど描いたところで、ちょっと離れて見た。いちおう見られるじゃないか。ぱっとよそを見てから、もう一度パネルを見る。それらしく見えるじゃないか。

最後まで描き上げて、所定の壁面に掛けたときには、何かしら一人前の気持になっていた。会社の人やデパート側の人が、その前をちらっと横目で見るだけで通り過ぎる。そのまま通り過ぎるということは、別に違和感はないようである。ぼくのはじめての、プロとしてのレタリングだった。

出来高払い

湯島の装飾会社にアルバイトで通ううち、文字描きの技術を覚えた。明朝体やゴチック体をフリーハンドで描いていく。

絵描き修業をしていたから、「描く」のは得意であったが、しかし明朝やゴチックという文字を、それもすいすいと早業で描く職人芸を目の当りにしたときには、圧倒された。なまじ腕に覚えがあるので、いささかコンプレックスに見舞われた。自分にはとても出来ないと思った。

だからそれが自分にも出来るようになったという自信は大きい。同時にそれは、稼ぎの自信にもつながる。

その装飾会社の文字描きの先輩たちは、勤め以外にもときどきよその仕事をやっていて、それが臨時収入になっていた。請負いでやる仕事だから報酬はいい。出来高払いであるから、それが自分にも出来るとなると俄然意欲が湧いてくる。俺もプロになれるかな。

そんな気持で恐る恐る先輩たちについて行った。三、四人のプロの末端について、請負い仕事のおこぼれにあずかるのである。

仕事をする場所はさまざまで、その先輩仲間の誰かの自宅であったり、その仕事を請けている小さな装飾屋の社長の自宅であったり、そういうのが多かった。文字描きの仕事は細かくて静かだし、そういう座敷でもいいのである。

それぞれの場所にパネルを広げて、一点に集中して文字を描いていきながら、ときどきどうでもいいおしゃべりを、ぷつり、と言う。冗談をぷつりと言ったりして、そうするとまた誰かが、パネルに集中しながら、ぷつりと冗談を返したりして、そうやって静かに仕事が進んでいくのである。

夜になって、テレビをつけると、オリンピックの女子バレーをやっていて、休憩だけのつもりが、とうとう全部見てしまったのを覚えている。大松監督で、回転レシーヴ、なんて言葉が斬新に聞こえていた時代だ。

あるいはお茶の時間にみんな筆を置いての雑談。そのころ創価学会が猛烈な勢いで会員を増やしていた。七人に一人がそうだとか噂されたころで、その場にちょうど七人いた。そうするとこの中に一人いるのかな、と冗談のつもりで誰か言ったら、中の一人が、

「じつは自分は……」

と真面目な顔で話しはじめた。そんな時代だった。

仕事はあくまで先輩たちについて行ってのものだけど、それに慣れていろんな仕事をやるうち、甘えてはいられない場面も出てくる。あるとき、いっしょに行くはずの先輩が行けなくなった。どういう事情だったか忘れたが、自分一人で行くことになってしまった。え？　大丈夫かな。

しかもはじめての場所だ。自分一人で行って原稿の打ち合わせをして、場所を借りて、パネルを預かり、定刻までに仕上げる。もう先輩が受けてしまっているから、プロとして、返上するわけにはいかない。行った先はその会社の、事務所のようなところだった。たしか会社が引けたあとで、事務所はがらんとしていた。担当の人から、当り前の顔をして原稿を受け取り、パネルを示され、まあこの辺でやって下さいと場所を空けてくれた。その人は別のところで残業をしているそうで、一人になった。

たしか黒っぽいパネルに白い文字だったと思う。割りつけをしてみると、けっこう文字数がある。でもこのくらいがふつうといえばふつうだ。絵具を溶いて、筆に含ませ、漢字、ひらがな、漢字、ひらがな、と描き進む。はじめは緊張しているのか、ところどころ書体に自分の癖が出て、嫌だなあと思う。プロだけど、基本を忘れちゃいけないと戒め、自分の癖を押し込めながら、正しい書体になるよう努力する。

当然ながらちょっとスピードが落ちて、ふと見るとけっこういい時間になっている。計算すると、終電までかかりそうだ。はじめての土地で、終電に遅れたらどうしようか。ちょっと慌てた結果、絵具をパネルにこぼしてしまった。あろうことか?!　一気に慌てる。急いで地色を調合し、修整して回る。非常にばかなことである。よけいに時間がなくなった。何てことだ。

気を取り直してまた立ち向かう。漢字、ひらがな、漢字、ひらがな、ときどき時計を見ながら、前のめりになっていく。とはいえ、もう癖なんて言ってられない。癖を超えて、文字はどんどん崩れていった。終って仕上がりを眺めるが、最後の数行はめちゃめちゃである。道具を片付けながら、非常に後味がわるい。でもいちおうは終っている。その後何日か、ひやひやしていたが、とくにクレームはついてこなかった。プロが見れば明らかにアラが見えるはずだと思うけど、一般の目からは見えないということか。それでいいとは思わないが、とにかく一人で仕上げてきたのだ。

政治スローガン

レタリングができるようになり、先輩たちについて請負い仕事をしに行くうち、少しずつ自信がついていきた。何でもそうだが、仕事を重ねるとだんだん慣れてきて、いろいろ工夫したりする余裕も出てきて、技術も上達する。

このことで思い出すのは、シロートのピンポンだ。会社で観光地に行き、宴会のあと浴衣のままピンポンをする。みんなシロートでほとんど横一線だけど、負けたら交替の勝ち抜き方式でやっていると、だんだん一人勝ちつづけるのが出てくる。勝つとまた試合ができるから、経験で上を行くから、また勝つ。その連続でどんどん強くなるのだ。負けるとすぐ交替だから、いつまでも経験が少なく、強くなれない。

いわゆる勝ちぐせというやつだろうが、やはり経験を重ねての上達である。

レタリングでも、最初にまず何とか文字を描き上げて、それで何ごともなくOKとなると、次にはそれほどの苦労もなく描けるようになる。仕事の上での勝ちぐせみたいなものがついてくる。

ぼくがレタリングが出来るようになったというと、同郷の絵の先輩が看板屋の仕事を紹介してくれた。珍しく左翼的な看板屋で、労組の大会とか選挙の立看とか、デモの横断幕もある。

その先輩は郷里を出て上京し、某左翼政党の宣伝広報部で働いているのだった。左翼となると、仕事とは別にやはり思想というものがあるから、ぼくなんかでいいのかなあ、という思いがある。ぼくだってふつう一般の若者だから、心情的には左翼支持の気持はあった。その一方で、公式政党への幻滅の気持もあったわけで、しかし基本的には芸術青年であるから、そういう政治とか思想の細かいことには熱がなくなる。まあほどほどに、という感じである。

その看板屋に行ってみると、ベレー帽をかぶった専属の文字描きが一人いたが、装飾屋の文字描きとはだいぶ雰囲気が違った。やはりアウトドア的な仕事だから、インドアの装飾屋と比べると技術的には落ちる。荒っぽくて、文字は正直いって、下手だ。セミプロの感想としては生意気だけど、正直そう思った。もっともその看板屋では文字描きだといっても鋸を引いたり、釘を打ったりもするんだから、その辺はムリもない。

そこで仕事をするようになると「憲法」とか「安保」とか「反対」とかの文字が多い。安保や反対は字画も少なく描きやすいからよかったけれど、憲法が出てくると、うーん、と顔がゆがんだ。物凄く字画が多くて描きづらい。

ときどき有名な政治集会や有名な政治スローガンが来て、妙に臨場感があった。左翼の看板屋だから手間賃は安いけど、仕事はけっこう多いし、技術的グレードは低くてもいいから、気は楽である。

あるとき相当大きな看板が来た。サブロクのベニヤ板、というのは三尺×六尺のことだが、それが十枚か二十枚分くらいの面積。そこに十行か二十行くらいスローガンが並ぶ。文字はゴチックで、そのゴチックにも何かちょっと注文が書いてあったりして、それがぼくに回ってきた。

毎年一回の総評大会の看板である。ステージの後ろに壁面として貼りつめるもので、そういえばニュースなどで、演説する総評議長の後ろにでかい文字の並ぶのを、見たことがある。あれか。

この看板屋の毎年の仕事だそうで、去年はちょっとクレームがついたんだという。文字やレイアウトが少し野暮ったかったようだ。今年はその点に気をつけてということで、最近はけっこううるさいんだよ、と営業がいう。ベレー帽の文字描きはそっぽを向いている。それがぼくに回ってきたのは、外来のものの技術を認めてのことらしい。ベレー帽にはわるいけど、わるい気はしない。ここは腕の見せどころというので、やはり力を入れて描いた。正しいゴチック体になるよう心がけた。

そうなるとやはり、当日、テレビのニュースを見ますね。やるかな、

と思っていると、ニュースの最後の方で、

「さて今日、第○回総評大会が開かれ……」

というアナウンスのもとに会場が映され、ステージが映され、いろいろな演説をする人々の背景に、自分の描いた文字がちらっ、ちらっと見える。多少失敗だったところが、やはりちらっと自分には感じられて、人には感じられない。妙なものだった。人にはただの意味を伝える文字だけど、ぼくにはやはり自分が描いた文字である。

それから一年たって、また次の総評大会の仕事がその看板屋に来たわけだが、この年はとくに、去年描いた同じ人に、というご指名だった。名前を介することなく、無名のウデだけを見込まれたわけで、ぼくは職人としてじつに誇らしい気分になった。

代々木の屋上

代々木に某左翼政党の本部の建物がある。山手線の電車がそのすぐ横を通過して行くから、通勤の時間にぼうっと見ている人も多いだろう。

山手線だけでなく中央線もそこを通る。そのころぼくは中央線の阿佐ヶ谷、荻窪方面に住んでいたので、仕事で都心部への行き帰りに電車の窓からぼうっと見ていた。この党は日本の政治体制が変るたびに何度も地下に潜ったり、地上に出たりしていて、この建物には何となく緊張感が漂っている。

だからぼくがこの建物の中に入ったときは、何か感慨無量のものがあった。秘境探検じゃないけど、秘密の洞窟に入るような、ピラミッドの中に入るような面持ちで、多少の緊張と多少の好奇心で、目が輝やいたものである。

文字を描きに行ったのだ。そのころぼくが行く看板屋が左翼方面をお得意様とするところなので、というより実際に党員が何人もいて、この党の仕事はすべて引き受けている。

小さなパネル類なら仕事場で描き上げて運び込むのだけど、このときは巨大な垂れ幕に文字を描くのだった。

四六時中そばを電車が通るので、建物のそちら側に長い垂れ幕が何本か下がり、党の政治スローガンが描かれている。それが時に応じて変るわけだ。

それを屋上に広げて描くのである。相当に大きな、両手を広げたくらいの幅の布がだーっと長くある。そこに何と描いたか、おそらく安保反対とか、憲法改悪反対とかいったことだったと思うが、このときぼくはもうかなりちゃんとプロになっていた。そのくらいの大きな文字でも、ほとんどアタリをつけずに描いていた。

装飾屋のアルバイトでやっているときは、ゴチックや明朝体の形を何度も下描きして、それからやっと筆で描いていたけど、もうこのころにはアタリなしだった。一文字の四角いスペースさえ割りつければ、いきなり筆で描いていける。いったんそれが出来るようになると、その枡目が大きくなっても同じことだ。

経験上いちばん大きかったのは一文字がベニヤ板三枚分くらいのものので、これも急ぎだったのでほとんどアタリなしで描いていった。それだけ大きくなると自分が一文字の枡の中に入って描くわけで、何だか笑ってしまった。さすがにバランスが悪くなりそうで、といって上から見ることもできず、枡目の周りをぐるぐる回って見ながら描いていった。

この代々木の屋上での仕事もかなりそれに近いものだ。大きく、しかも布だから、よけい下描きなんてしていられない。

布は本当に描きにくい。ふつうのパネルの調子でさっと筆を引いても、布がよれてしまってうまくいかない。それに塗料をあまりたっぷりで描くと、布の裏側にまで染み出て広がる。

でもいちばん描きにくいのはシャッターに描く文字。お店とかガレージにがらがらっと降ろす鉄のシャッターだ。カマボコを横に並べたような状態になっていて、ふつうのパネルのつもりでさっと筆を引いても、カマボコのてっぺんをなでていくだけだから、線のはずが点線になってしまってうまくいかない。

それに塗料をたっぷりつけて描いていくと、カマボコ状の凹凸のところで筆がしごかれて塗料が過剰に出るから、垂れてしまって、それがカマボコ状の間の隙間に入って広がる。そうなったら地色を汚して、あとで修整が大変である。

だから結局ふだんよりも細い筆で、一気にではなくこちょこちょとなぞりながら、慌てずに描くしかない。あのシャッターのカマボコとカマボコの境というのは、あんがい深いもので、細い筆を上から差し込んで、下から差し込んで、丹念に塗っていくしか方法はない。

ぼくはアルバイトのときに出張で、三鷹の銀行のシャッターに描きに行った。大変だぞと先輩にいわれていたけど、本当に大変だった。銀行名の指定書体だからさすがに下描きはするけど、カマボコの隙間にまでは下描きの線が届かない。カマボコのてっぺんからてっぺんへの点線状の下描きになってしまって、あとの隙間は勘で描くほかはない。

立体の凹凸面というのは、真っすぐな線も横から見るとぐにゃぐにゃになる。何を基準にするか、あまり深く考えるとわからなくなるので、とにかく正面から見て正しくなるように筆をあれこれ差し込んで塗り繋いでいく。

そのときはまだ自分の請負い仕事ではないから値段はわからなかったが、シャッターに描く文字は相当割高になるはずである。

代々木の左翼政党ビルの屋上の話から、銀行のシャッターの話になってしまったが、世の中はいろいろだとつくづく思う。単なる平面だけでなく、描きにくい凹凸面もあれば、筆にくっついてよれてくる布面もある。でも仕事だから文字は描かねばならず、描けば何とかなるのだった。

祝電の配達

国民の皆様には申し訳ないが、選挙はぼくの稼ぎ時であった。選挙となれば名前や主張や公約や、それらを連呼するための文字があふれる。文字が大量に消費される。いまみたいにワープロでぽんというわけにはいかず、一文字一文字描くわけで、それが文字描き職人の仕事だった。

当時はワープロはおろか写真植字というのがやっとあらわれたころで、まだ値段が高い。だからどうしてもレタリングの職人仕事が必要となる。

いや写真植字があらわれ、ワープロがあちこちで使われるいまだって、選挙のように何か強く主張したいようなときには、文字を極太にしたり、強調したりしないといけないから、どうしても描き文字が必要となる。既製のワープロの文字は上品にできているから、それを大きく太くしても弱いのだ。もう少し泥臭いくらいの強さがいる。

それにぼくの行っていたのが、某左翼政党系の看板屋である。ふつうは選挙の看板やそのほかは候補者それぞれが地元の看板屋に頼むものだが、某左翼政党の場合は全党一致で動くものだから、まとめてどーんとその看板屋に注文がくる。

左翼党だけにさすがに一つ当りの単価は安いが、物量が凄い。だから毎日終電近くまでがんがん描いた。

それに選挙用だと思うと、少々の荒っぽさも気にならないし、許される。要するに選挙期間中だけ必要なもので、それが過ぎればすぐに残材となる。

細い木の骨に布を張った立看板が多かった。それから講演会場の横断幕、ステージに掲げる大看板、宣伝カーの周囲を固める看板、候補者や応援弁士のタスキ、ハチマキ、と仕事の内容を書き連ねると、選挙にいかに文字があふれ出るかおわかりだろう。

そのころその看板屋は、早稲田から荒川の近くの下町に引越していた。近年に埋立てをしたゼロメートル地帯の、本当の下町である。昔何かの町工場だったところを借りたもので、何と家主は某宗教系政党の某明党だった。片や借りる方は某産党だから、公式の政治世界ではあり得ないことである。引越す前にその問題について、そこを借りるか、それとも別のところを当るかと、会社の幹部が頭を悩ませていたのを覚えている。でもそこがかなり安い好条件だったらしくて、背に腹は代えられぬ、政治対立には目をつぶろうというので、お互いその点は避けて、天気のお話でもしながら契約を結んだのだった。

別に何も悪いことではなくて、表向きは犬猿の仲であっても、表向きを脱いでしまえば、背に腹は代えられぬで、それがリアリズムの関係である。そんなことがちらちらと面白かった。

そういう看板屋であるが、こちらには一切思想の強要はないので助かっていた。もちろん党の性質からいって、真面目な人たちである。でも考え方を詰めていくと、いろいろとズレてくるところはあるわけで、だからぼくは一切その関係は詰めないことにして、職人に徹していた。向こうも、職人がいなくなっては困るので、職分以上のことはノータッチで、その点は気持よかった。

ぼくはフリーの職人だから、仕事があるときは電報がくる。電話なんて独身者にはまずなかった。電話は大家さんのところにあって呼び出しでお願いできるけど、どうも気兼ねしてしまう。というので電報なんだけど、電報というのは何かよほどの緊急事態の感じで大げさである。といってほかにはない。

「シゴトアリレンラクサレタシ」

とか、あるいはあらかじめ日時指定で、

「五ヒコラレタシシゴトアリ」

とかいうのを配達員が持ってくる。そのころカフカとか安部公房とか読んでいたので、そういう日常生活に突然あらわれる非日常、というのはぼく自身は好きだった。でもそうなると、持ち前の工夫精神が頭をもたげてきて、毎回電報というのは費用が大変だと思ってしまう。どうせ向こうの出費だからいいのだけど、でもムダを省きたいという精神があり、祝電にしたらどうかと提案した。祝電や弔電は決った文面だから安い。何種類かあるのであらかじめ符丁を決めておいて、とにかく明日来いという場合、とりあえず電話せよという場合、等々。じゃあそうしましょうかということで、マジメな某産党の人も、何だか柄ではないのだけど了承していた。

以来ときどき貧乏アパートの一室に祝電が舞い込んでくる。

「ゴケッコンヲシュクシスエナガクサチオオカレトイノル」

「ハエアルジュショウヲココロヨリイワイコンゴノカツヤクヲイノル」

当時は配達員が、「祝電です！」と告げていたので、大家さんは不思議に思っていたことだろう。カフカも安部公房もびっくりだろうと、自分一人得意だった。

野菜炒め定食

ぼくが文字描きの専属みたいになっていたK装飾は、当時早稲田にあった。いまでも一本だけ残っている都電の早稲田に停留所がある。たしかそこから歩いて行った所だ。安普請の作業所で、雨の日はよく雨漏りしていた。

ぼくは専属みたいになっていたけどフリーだから、仕事の日は夕方近くに行って夜やることが多かった。それがいつごろの時代かというと、ぼくは巨人堀内投手の三打席連続ホーマーを覚えている。

夕方近く行って、仕事の前にその近くの定食屋で野菜炒めか何かを食べたのだった。店にテレビがあって、ジャイアンツとどこだったかの試合が映っている。ぼくはジャイアンツファンだから、それを見ながら夕食というのは、至福の時間である。

ピッチャー堀内。いまは解説者をしているが、当時はジャイアンツのエースだった。エースが投げているから上等の試合で、ぼくはシメシメと思いながら野菜炒めを食べていた。で、ピッチャーにも打席が回ってくる。見ていると、堀内が何とホームランを打った。

堀内はピッチャーだけどバッティングがいいという定評があり、ジャイアンツファンのぼくとしては野菜炒め定食が一段と美味しくなるのだった。アンチジャイアンツの方、申し訳ない。

さてだいたい食べ終るころ、あるいは終ってお茶を飲んでいたのか、試合は回を重ねてまた堀内に打順が回ってきていた。さっきはホームランだったな、と思って見ていると、またホームランを打った。二打席連続ホームラン。凄い。ピッチャーですよ。野手でもなかなか出来ないことである。ぼくは野菜炒めも美味しかったけど、飲んでいたお茶も美味しくなってしまった。凄いなあと思い、またお茶をもらった。

さて、と思いながら、しかしそうなると試合の結果を見届けたくなった。おそらくジャイアンツがリードしていたんだと思う。そのまま行きそうな気がして、しかしファンとしては勝つのを見届けるのと見届けないのでは、満足度が違う。その日の生活の歓びにも関わってくる。

で、またお茶をもらったりして、食後の休みをしているふりをして、さいわい町外れの小さな店なのでよかったのだけど、テレビでは攻め、守り、攻め、守りとつづいて、もう一度堀内に打席が回ってきた。うーん、しかしまさか、ピッチャーだから、もうホームランはないだろう。野手だって三打席連続はまずムリ。

でも現に二打席連続で打っているんだ。三打席目もないとは限らない。まあないだろうけど、断言はできない。毎回バットを持ってるんだから、絶対にないとはいい切れない。あるかな。あったら凄い。あるかもしれない。でもまさか。まずないだろう。野手でも三打席連続をやったのは、王と、あと誰だろう、長嶋だってやったかどうか、と考えながら、しかし奇蹟も期待して、ちょっとわくわくしながら見ていたら、本当に三打席目もホームランを打ってしまった。

参りましたね。

いやぼくはジャイアンツファンだからこれでいいんだけど、凄い。まさか野菜炒め定食を食べながら、こんなことになるとは思わなかった。

ぼくは常々、ピッチャーの打撃が軽視されているのが好きじゃなかった。ピッチャーは投げる専門だから、打席では打たなくてもいいんだとかいわれる。あの考えがどうも嫌だ。打席に立てばバッターだ。バットを持ってるんだし、振らなくていいということはないはずだ。

そういうのは考え方のスケールが小さい。パリーグのように指名代打が制度化されているならともかく、格好だけバッターボックスに立つという考え方が小さいと思う。飲み屋のつき出しに、どうせ食べないだろうと格好だけのものが出てきたら、どう思う。

いやそんなことより、ぼくはとにかく大満足で立ち上がった。常々、本当に優れた選手なら、ピッチャーだってホームランが打てるはずだと思っていたので、それが三打席も連続して、野菜炒め定食の中に肉がたくさん、海老や蟹まで入って、フカヒレのスープまでついてきたような気持になった。さあ今日はゆっくりし過ぎたので、帰りは終電になるぞ。あるいはまた明日も来ることになるのか。と思いながら店を出たのだ。

余談だが、時代が少し下って、ぼくはジャイアンツの角投手がホームランを打った場面も見ている。左投げのリリーフ投手で、リリーフ専門だから、バッターボックスに立つ姿を見ること自体珍しかった。だからバットを持った構えがどうもぎこちなくて、本人も観客も思わず苦笑しそうな雰囲気だったけど、でも見た感じ打ち気満々で、いや、これはひょっとしたら、と思っていたら、本当にカキーンとホームランを打ってしまった。

下町の看板屋

その看板屋は東京下町のゼロメートル地帯にあった。本当はゼロ以下のマイナスメートルで、大雨のときなどよく道路に水があふれて、まだ都電が走っているころで、水の上で立ち往生するところなどがよくテレビに出ていた。

下町といっても戦前からの情緒ある、というものではなくて、戦後仕方なく発展したような、情緒にはまだ程遠い町並である。小さな町工場もあちこちにあるようで、その看板屋も、廃業した町工場を借りたものだ。何の工場だったのか天井が高く、その半分に中二階を造って、そこが文字描き職人の仕事場である。

職人というのはぼくのことで、ほとんど専属みたいになっていた。といっても毎日ではなく、まとまった仕事が出来ると電報をもらって、何日か通う。自分一人で間に合わないときには、義兄を助っ人に頼んだ。義兄はネクタイデザインが本職だけど、昔看板屋で働いたこともあって字が描ける。たまに筆記体の筆文字の注文などあると、凄くうまかった。ぼくは明朝やゴチックはちゃんと描けても、筆記体はどうも腕が縮んでだめだ。あれはまた別物である。でも選挙となると筆記体の立看板などがどっとくるわけで、そんなときは義兄の描いたのを見本に、ぼくも描いた。筆記体でも見本があれば描けるのである。

そういう職人二人、ないし一人が、中二階の仕事場でじーっと文字を描きつづけているわけである。下では鋸を挽いたり、釘を打ってパネルを作ったり、立看板の布を張ったり、賑やかに働いている。布張りもはじめは一つ一つ釘を打っていたのが、途中から大型ホッチキスの自動打ち機が導入されて、はじめは試しに使ってみて、それでもO

Kだということになり、以後は、

「ガチン、ガチン、ガチン、ガチン……」

とスピードアップされた音が響くようになった。中二階ではひたすら静かにじーっと字を描いていきながら、そういう下での変化が少しずつわかるのが面白い。みんなにたまに冗談を言って笑ったり、何か不平を言ったり、テレビのことを話したり、新しい商品のことをぺちゃくちゃしゃべったりしている。

そういう人々の雑音的な話が耳に入ってきながら、その声や話し方から、その人の性質みたいなものがだんだん想像されて、それが静穏な文字描き作業の退屈しのぎとして面白かった。聞いていくうちに、その声の主から、自分の知っている仲間の一人が想像される。あいつの声にそっくりだな、しゃべり方も似ているし、と思っていると、ますます共通点があらわれてくる。

ときどき中二階から階段を降りて、下のトイレに行くときふと見ると、やはり顔も似ている。だいたい声やしゃべり方が似ていると、顔も似ているものである。それはまあ、喉の太さや、声を反響させる顎の骨格など、声が似ていれば顔も似ていて不思議はない。

自分の友達というのは、小中学校の時代、高校や美術学校に行ってからの友達、アルバイト仲間、郷里の友人、等々、いったい一人で何人ぐらいのキャラクターが記憶にとどめられているのだろうか。数字はわからないが、いずれにしろ中二階で仕事をしながら下の声を聞いていると、その声ごとに、自分の知っている人の顔にふっと重なる。

あるとき、ああ、この男の声は、ぼくの友達の映画の助監督のＪ之内君に似てるなと思った。声が太く張りがあって、これは絶対にそうだと思った。ほとんどそっくりである。Ｊ之内君がいるみたいだ。で、トイレに行くとき階段を降りながらふと見ると、顔が違うのである。声はそっくりだけど、Ｊ之内君は丸顔的なのに、その声の主の男はやや四角顔である。

うーん、おかしいなと思った。声が似ていれば顔も似ていると思っていたのに、違うこともあるんだろうか。

トイレからまた中二階に戻って仕事をつづけながら、どうも気になる。下からはやはりＪ之内君そっくりの声が聞こえてきて、うーん、この声で、しかしあの顔か、と思って聞いていているうち、やはり似ていると思った。声はもちろんだけど、そのしゃべり方が似ている。話のちょっとした切り出し方とか、話の持っていき方、つまり性格が似ている。聞いていてだいたいわかるものである。友達のJ之内君はある種のロマンチストで、正義漢で、それが声の質や話しっぷりににじみ出ているんだけど、それと同じ性質を、この看板屋のX君の声にも感じるのだ。

ここのX君とはそんなにちゃんと話したことはないけど、でももう何度か仕事に来ている間に、その性質はだいたいわかっている。やっぱりある種のロマンチストで、正義漢タイプである。

そうか。声が似ていれば顔が似ているもんだけど、もし顔が似ていなくても、その性格に似たところがあるんだ。声は結果だけど、その声や話し方を作り出す装置にやはり共通点があるんだ、ということがわかって面白かった。

映画ポスター

左翼の時代、仕事でポスターを描いた。いつごろだったか。某産党系の看板屋に働きに行っているころだったと思う。

そこを紹介してくれた先輩の某産党員が、その系統で配給する映画のポスターを描いてくれという。ぼくは自称ではあるけど前衛芸術家で、しかしそれではお金にならないから何かデザインの仕事をしたいと思っていた。でもどうやればいいのかわからない。どうすれば仕事をもらえるのかぜんぜんわからない。

だからその依頼は嬉しかった。どんな映画かと聞くと、オストロフスキー原作の『鋼鉄はいかに鍛えられたか』。

うーんと唸って、嬉しいような、懐しいような、恥ずかしいような、ちょっと困ったような気持だった。ぼくは読書が苦手にもかかわらず、それを読んだことがある。左翼こその世の光だと思っていたころ、これぞ正しい小説だといわれて読んだのだった。ぼくは読むのが下手だから何ヶ月も何年もたち、読み終るころには自分も成長して考えも変り、世の中の変化もあって、左翼にはもう幻滅していた。

でもそれは人それぞれで、先輩などはまだ某産党の仕事をしている。ぼくは人物としてはその先輩を尊敬しているので、仕事は有難くいただくのであった。

『鋼鉄……』は、まあ絵に描いたような社会主義リアリズム、社会主義の修身の教科書みたいなものだ。要するに図式だけの小説だから、こちらの創作意欲というのがどうも湧いてこない。まあ怒りの主人公の叫んでいる顔を描いておこうと、ロシア人の顔写真をあれこれ探して、むかし鍛えた石膏デッサンの力を生かして、ばっちりKUSOリアリズムでごちんと描いた。そしてタイトル、監督、俳優の名前などあちこちに配置すると、けっこういいのである。様になっている。

先輩はそれを見て絶賛し、党でも大評判になったらしい。変なものである。自分ではむしろ醒めて描いたのに、それでいいのだろうか。でも大評判なので、また次のポスターの仕事が来た。こんどは『日本の夜明け』というその党の映画である。戦前の弾圧時代から戦争からの復興、労働者階級の躍進、といったような筋書きのドキュメンタリーである。先輩が試写会に案内してくれて、

「あなたは大切な人だから」

と真ん中のいちばんいい席まで連れていかれて恐縮した。で、ぼくはそれを見てはからずも感動したのだ。その党の路線に対してはともかく、ドキュメンタリーだから、ところどころの画面に、自分でも皮膚的につながりがある。労働者や学生のじぐざぐデモなど、見ていてジーンときてしまった。

これは身を入れてやろうと思い、まずタイトルが『日本の夜明け』だから太陽だ、日の出の写真といってもお正月みたいになるから、太

陽はぐっと拡大して、コロナだ、太陽のプロミネンスの炎の散ってい
る画面のあちこちに、小さくデモや何かの写真を入れる、これは凄い
ぞ。

というので資料を集めていろいろやったが、印刷技術のことがまる
でわからない。写真のはめ込みはまあじかにぺたぺた貼ればいいにし
ても、コロナのところのぼかしとか修整とかをどうすれば実現できる
のか。

下請けの製版業者の下宿まで行ったりしていろいろやったが、こち
らのデザイン意図がなかなか伝わらなくて、全部がいいかげんになっ
てしまう。

とりあえずゲラ刷りが出来たというので代々木の党本部まで呼ばれ

た。広い部屋の床がぎしぎし軋み、壁にそれがピンで留めてあって、うーん、ちょっと不本意である。先輩も心なしかちょっと怪訝《けげん》な顔をしている。

先輩の上司の人たちが見に来た。中にぼくも名前と顔を知っている大幹部がいて、その人がこの場ではいちばん偉いみたいだ。うーん、と首を傾げてあれこれ見ながら、大きな声であれこれいった。先輩はと見ると、物凄く畏《かしこ》まって、身を固くして聞いている。上下の意識が物凄く強くあるみたいだ。階級性と闘うはずの某産党なのに、と思うと、ちょっと妙な感じだった。そういうものなのか。

その後ゲラを少し修整したが、どうもうまくいかず、いちおう刷り上がったというのを一枚もらったが、ほとんどもとのままだった。ちょっと幻滅した。やっぱりポスターは印刷のことをよく知らないとだめだ。『鋼鉄……』みたいに絵を使う単純なものならいいが。

ちぐはぐなものである。醒めた気持で距離をもってやった『鋼鉄……』の方が出来がよくて、むしろやる気になって接近した気持になってやった『日本の……』がだめだった。絵と違って、デザインの仕事というのはそういうものかもしれない。

その後、町で、夜明けの富士山をあしらった『日本の……』のポスターを見たが、ぼくのコロナの方は一枚も見ていない。

秘密諜報員

若いころはふつうとは違う秘密めかしたことが好きだった。だから看板屋の仕事の呼び出しに、暗号を決めておいて祝電を打ってもらって、貧しいアパートに意味もなく祝電がくるなんて、ちょっと秘密っぽくていいじゃないかと、そういう秘密めかした感じを喜んでいた。

自分はいまこういう姿に身をやつしているけど、本当は凄いんだぞという、そういう願望があるからだろう。人間、いまの状態に不満があれば、どうしても「本当は」ということを考えたがる。秘密が好きという原因はそういうところにあるのだろうか。

その看板屋の仕事にあきたらずに、週刊誌の版下の仕事をした。同じレタリングの仕事だけど、看板屋の文字は大きい、出版物の文字は小さい。そこのところで神経の遣い方もちょっと違う。その小さいものの方が少し楽をできるような、得をするような感じがあって、そういう仕事に引かれていったのである。

それともう一つ、やはり多少なりとも表現に結びつく仕事の方に行きたいと思っていた。看板屋の仕事はけっこう収入になる。仕事はきついけど、くるときにはどーんと大量にくるからかなり稼げる。だからそれで稼いであとの時間は自分の作品の創作に当てればいいと思ってはいるんだけど、なかなかそううまくいかない。稼ぎは稼ぎ、作品は作品という具合にうまく分離できない。やはり稼ぎ自体をもう少し面白いものにしたい。

出版物に関する仕事なら、表現の世界にほんの少し近づくことができる。看板の文字は技術でこなすだけだけど、週刊誌の版下となると、多少は自分の創意工夫が生かせる。うまく生かせたら、そこから、技術だけではない自分の何かが広がっていきそうな気がする。何かとは何なのかわからないけど、やはり多少なりともメディアの方の仕事に近づいていったのは、自分の本能みたいなものだろう。手間賃としては看板屋の方がいいのだけど、プラスアルファーの何かを求めてその週刊誌の仕事に近づいていった。

友だちの知り合いが、いまでいう編集プロダクションのようなことをしていたのである。そういう社会の仕組みにぼくの頭はまったくうとい方だが、とにかくレタリングが出来るというので、それじゃあこういうのも描けるかということで、二、三テストをされたりしながら、仕事になっていった。

週刊誌は記事ごとに見出しがある。

「ダイアナ妃、激突死！」

当時は当時でもっと別の文面だが、そういう見出し文字を、その内容にふさわしい書体で描くのである。そしてその文字のバックにそれにふさわしい地紋を敷く。いまなら簡単にパソコンでやるのだろうが、当時はまだそんなキカイはない。一つ一つ手で描くのである。

おそらくその人は、その週刊誌の一部の製作を請負っていたのだろう。それでタイトル文字だけぼくに、というわけである。

はじめのうちはその事務所で原稿を渡されたのだと思ったが、そこが駅からはちょっと遠い住宅地で、行きにくい。何度目かのとき、

「じゃあ新宿の喫茶店のレジで」

ということになった。新宿の歌舞伎町に入る辺りに、ちょっと派手めな、ゴージャスっぽい喫茶店があった。喫茶店というより、長いドレスの女性がゆらゆらしているようなところで、そこのレジの女性が知り合いらしいのである。どういう関係なのか、まあその辺のことは関知しないようにして、

「わかりました」

ということで、仕事はしやすくなった。ぼくはそのころ中央線に住んでいたので、新宿なら出やすい。友だちに会ったり、何か画廊に顔を出したりする前後に、そのゴージャス喫茶にちょっと寄って、そのレジの女性に出来たレタリング入り封筒を渡す。そして次の新しい原稿入り封筒を受け取る。はじめは一言二言事情を話したりしたが、以

後はもう無言の会釈で、さっと封筒を渡して、さっと向こうの物を受け取る。

何だか秘密のスパイみたいだった。中学生のころ「秘密諜報員」の小説など読んで、プロのスパイの世界は凄いと思っていたけど、何だか自分がその秘密諜報員になったようだった。中身はぜんぜんふつうのことなんだけど、形だけはそっくりである。

その内容が週刊誌の仕事だということも、その秘密度をふくらませていた。こうやってこっそりと受け渡ししているものが、何日かするると印刷されて、書店に並ぶ。みんなの目に触れる。電車の中でも人々に読まれて、それによって世間がぐらっと揺れたりする。いやそうは揺れないだろうが、やはりそういう世間との接触感に、多少の生きがいを見出していたのだ。

東京の夜

夜の睡眠のことについて。

上京して最初の夜は、藁蒲団だった。郷里の先輩を頼って、仲間三人でそのアトリエに転がり込んだのだ。その先輩は中央線の国分寺にある昔の大画伯のアトリエを借りていて、他の二人は床に蒲団を敷いて寝たが、ぼくは中二階にあった藁蒲団に寝かせてもらった。何かの小説の中で藁蒲団というのを知ってどんなものかと思っていたが、ごわごわと固かった。畳んだりできないもので、上に寝ても体が沈むということがなく、どうにも眠りにくかった。上京して第一夜、しかもはじめての部屋で、この先生活はどうなるのかという不安もあるが、とにかくごわごわして体が落ち着かずに眠れなかった。

はじめて借りた部屋は武蔵小金井の六畳一間。友人のY野君と共同で、郷里からの荷物が遅れて、どちらかの蒲団が一組あるだけだった。受験で上京したのだから、まだ二月か三月の寒いときで、その蒲団一つの中に二人で潜り込んで寝ていた。背中合わせに寝てもどうしても隙間が開くので、コートやジャンパーを全部掛けていた。それもしかし夜中眠ると、掛けたのがずれてしまって寒い。寒いと本能的に蒲団を引き寄せるから、眠っている間に蒲団があっちに行ったりこっちに行ったりしていた。どうにも寒いので目が覚めると、結局一枚の蒲団が二人の背中合わせの間に細長く、海苔巻きの具のように固まっていて、かんじんの人体は二人とも寒い寒いと不服づらをして眠っている。それに気づいて、畜生！ と思いながら、笑ってしまった。

共同生活というのは、明かりを消してからの眠っていく過程が面白い。さあ寝よう、というので明かりを消して、急には眠れないから、闇の中であれこれの会話がつづく。その受け答えの間隔がだんだん間延びしていって、話のテーマによってはまたそれが縮まり、でもまた間延びしていき、もう眠ったかなと思いながらも一声何か発してみて、やはり答えがないので、さあ本格的に眠ろうとしていると、また向こうから、妙にはっきりした一声がぽんと返ってきたりして、でもだいたいその辺で眠ってしまうものである。

蒲団が一人に一つになってからも共同生活はつづいた。途中で相手も変った。そのころ一人で一部屋なんて大変贅沢なことで、六畳一間を二人で借りるというのが多かった。値段でいうと三畳に一人も同じだけど、三畳となるとやはり狭い。そういうわけだから六畳一間に一人となって、やっと一人前といえるのだろうか。

ぼくが六畳に一人になったときは、まだ芸術家だった。まだというのもおかしいが、むしろ芸術家の真っ盛りだった。それも前衛芸術家だから、部屋中に何か雑多な道具、物品、廃品類があふれて、畳の露出面積はせいぜい一畳分くらい。夜寝るのでそこに蒲団を敷くときっちり全部が埋まってしまう。

そのころは何しろ芸術に燃えていたので、そんな生活も気にならなかった。夜眠れないことがよくあったが、それは頭が燃えていて眠れないのである。いま作っている作品のこと、次に作る作品のアイデアなど、次々に考えてしまって眠れない。だから眠れないことが苦しくはなかった。頭が冴えて眠れないわけで、異常なことも体験する。ふと、時計が止まるぞと思い、顔を起こして枕元の目覚まし時計を見ると、カチ、カチといった秒針がカチリと止まる瞬間を見てしまう。ネジ巻き式のネジが、その時尽きたという瞬間を目撃したわけで、そんなことが何度かあった。そうやって不眠症的ではあっても、ぜんぜん苦しくはなかった。

でもそういう性質がもとにあるから、やがては苦しい方の不眠症になっていく。それはもう「一人前」になって少々たってからのことで、レタリングの仕事が身についたころだ。文字描き職人ということになり、収入に少し自信が出てきた。ふつうのお勤めとは違い、仕事があるときにがっと稼ぐと、あとはかなり休みがとれる。それまでは作品が作りたくても収入がなく、アルバイトに時間をとられて制作ができなかった。だから本当は前に夢想していた理想の状態である。

だけど皮肉なもので、そうやってやっと少し余裕ができて、さて、と思ったときにはもう胸の中に燃えるものがなくなっていたのだ。作品を作りたいと思ってはいるけど、自分の中では芸術の原理の行くところまで行ってしまって、もうその先の希望がなくなっている。

だからなのか、一人ベッドに横たわって明かりを消すと、何故だか自分の心臓の鼓動が気になってきた。ドキ、ドキ、ドキというのがちょっと乱れて、何だか力なく感じられて、これはひょっとして止まるんじゃないか。

そんなことから夜の不眠が不安な不眠となって、しばらく不眠症に落ち込んでしまったのである。人間、なまじ余裕をもつのはよくないことである。ぼくの不眠症は二年ぐらいつづいた。

東京の映画館

東京に出てきてはじめて観た映画が何だったのか、記憶にない。たくさん観ていたせいもある。いまと違って、そのころは映画を観るのがいちばんの楽しみだった。お金がないからもちろん封切り館なんてめったに行けないが、当時は安い映画館がたくさんあった。電車の駅のある町には最低でも一館はあった。だから値段もピンからキリまであり、ぼくらはキリの方をいろいろと吟味して観に行っていた。

二本立てというのが常識で、中には同じ料金で三本立て、四本立てというのもあって、それはさすがに疲れた。でもそのお陰で自分の観たい映画以外のものも観ることになり、それはいいことでもあった。思わぬ出合いで映画の間口が広がるのである。

いろんな安い映画の観方をしたが、いちばん凄かったのは荻窪スター座。いわゆる場末の映画館で、もうそのころから斜陽なのでストリップショウと三流映画の併映というのをやっていたが、その入口でモギリをしているおばさんが友達の下宿の家主だった。

というので余った切符がときどき来るわけで、有難いことである。その恩恵にあずかって観た映画に『十代の暴力』があった。もちろん「実演」が本命で、映画はつなぎみたいな気持でいるのだけど、これが観ていくうちに何だか迫るのである。国籍はスペインとかそんな感じの映画で、ポスターには胸をはだけた未亡人や、長髪の暴力っぽい男の顔があるだけ。

まあそういう映画だろうと思って観ていたんだけど、各シーンからざくっと伝わってくるものがある。底辺社会の暗い場面がほとんどだけど、その暗さが美しい。しかもその筋も何だか読んだようなもので、これはひょっとしてあれじゃないかと思った。あれとはルイス・ブニュエルの『忘れられた人々』。

その映画のことを書いた評論をぼくは「美術批評」で読んでいた。ブニュエルはダリといっしょに驚天動地の前衛映画『アンダルシアの犬』を撮った映画監督で、その人がメキシコに渡ってから撮った映画だということで、その評論で内容を知って凄いと思い、これは絶対に観たいと、長い間憧れていた。

でもそのころの映画事情は厳しいもので、映画館はたくさんあるけど、そういう芸術映画というか前衛映画というか、一般の娯楽を超えた映画をやるところはまず皆無で、特殊な上映会以外にはなかったのである。

それがしかし、ストリップの合い間に観ている映画がだんだんそれらしくて、映画が核心に迫るころには、もう間違いないと思った。違っていたとしても、これは凄い映画だ。

帰ってからもう一度子細にストーリーなど調べてみると、やはりそうだった。おそらく映画の輸入会社が、こんなのは売れないからと、ポスターをエロと暴力の方に仕立て直して、その筋のルートに流したのだろう。こんなことがあっていいのかと呆れながらも、驚いた。

当時の映画館はふつうの映画上映が終ったあと、ナイトショウといって、深夜に古い映画を安く観せていた。五十円とか三十円くらいだったと思うが、金はなくても時間だけはあるぼくらにはじつに有難かった。そのころコーヒー一杯が五十円だったと思う。その列に並んでいる者どうし何とはなしの共通の意識があって、そういうものがいまはない。

ナイトショウは、当時住んでいた阿佐ヶ谷のオデオン座でよく観ていたが、中野に凄い映画館があった。名前は忘れたが、駅前のすぐの地下で、昼間でも三十円だという。ぼくの知る限り最低の値段で、その代り物凄く狭いぞといわれた。そのころ古新聞古雑誌的な、とにかく古い映画をやる名画座系の映画館で小さいのはいくつかあったが、試しに入ったその中野の地下の三十円の映画館は、本当に、物凄く狭かった。

ロビーなどなくて、切符を買って入口を入るといきなり人の圧力がある。暗闇に目が慣れてくると、とにかく人の背がぎっしり。スクリーンがすぐそばにあるらしいけど見えない。とにかく見えないので、何とか人の間をじりじりと割り込みながら前に行くが、前に行ってもみんな立っている。

座席がないのだ。いや前に数列あったのかもしれないが、とにかく大半は馬を繋ぐ柵のようなものが立っていて、みんなそれにつかまって立って観ている。これは凄いとわかってきてももう映画は始まっているので、とにかく観たい。伸び上がってもスクリーンの半分しか見えないので、横に顔を出す。じつにムリな姿勢で、シーンによっては少し休んで半分の画面に甘んじ、また重要なシーンになるとぐっと力を入れて横に顔を出す。一本観終ったときにはへとへとになった。

映画はイヴ・モンタン主演の『恐怖の報酬』。そういう極悪条件にもかかわらず、映画の内容だけはしっかり目に焼きついている。やはりあれは凄い傑作映画なのだ。

歌声運動

ぼくが上京したころ、ちょうど歌声運動が起こりかけていた。運動だから、その歌にはちょっと思想がからんでいて、その思想がその時代には魅力だったのだ。革命とか、抵抗とか、団結とか、行動とか、とにかく、いわゆる左翼思想である。その思想が当時は魅力的で、それの染み込んだ歌をみんなで歌うのが歌声運動だった。

『日本の歌声』という文庫本が、ぼくらの周りでは必需品だった。一曲一曲楽譜があって、歌詞が書いてある。いまでいうとカラオケの歌詞カードみたいなものである。

でも思想があるのだ。

その思想への背伸びで、ある種の「知的」な向上感にひたれたのは、いまでいうとルイヴィトンのバッグを獲得して満足する心境と、エネルギー上はほとんど同格のものだと思う。ルイヴィトンのバッグは高いけど『日本の歌声』は安かった。それが時代の違いである。

そういう歌声的な歌については、ぼくは上京する前に、既に洗礼を受けていた。名古屋での高校一年のときだと思うが、クラスの先鋭的な学友に誘われて、別の町の高校での集会に参加した。近隣の高校から有志みたいな学生がいろいろ来ていて、どんな話があったか忘れたが、最後にみんなでスクラムを組んで「国際学連の歌」というのを合唱した。その後何度も歌う歌の、第一回目であった。

その後東京でわけもわからぬボロボロの貧乏学生の暮しをしながら、そういう歌を歌う機会がときどき増えていった。国際学連の歌のほかにも、民族独立行動隊、インターナショナル、カチューシャ、線路の仕事、まあいろいろありました。

そういうものを専門に歌う歌声喫茶というのが新宿にあって、いまでいうカラオケバーみたいなものだ。でも思想があるのだ。

セミプロのような専門家が二人いて、みんなに歌唱指導をする。マイクがちゃんと一本立っていて、ちょっとしたステージみたいなスペースもあり、アコーディオンの演奏がついていたんじゃなかろうか。

セミプロだから、声がよくて、うまいなあと思っていた。

でもそういうところにしょっちゅう行くわけにはいかない。お金もないし。でもそんな店が歌声のメッカというか、聖地というか、まあやはりある種のミニ宗教みたいなものだろう。当時は、そこに行けばそれがあるということで、多少は生きていく支えになっていたんだから、やはりばかにすることはできないのである。

でもやっぱり、ばかだったな。

しかし歌声のメッカといえば、頂点は政治運動だ。上京して一年ほどたったころ、米軍基地反対闘争があった。そういう運動は当時あちこちでくすぶっていたのだけど、東京の立川基地の先の砂川というところで、学生や労働者が支援のために集結していた。ぼくは政治的なことにはうとい方だが、何だか気になるものがあって、友人と二人出かけてみた。そうしたら現地は大変に盛り上がっていて、その渦に巻き込まれて、一週間泊りがけで参加することになってしまった。

基地拡張のための測量阻止というのが、具体的な目標だった。それに備えて「団結」を固めているわけで、周囲は一面の農地。そこで要するに「その日」を待っているのだから、どうしても歌声ということになる。

歌声は運動だから思想があるんだけど、歌声喫茶の場合はまだそれが奥に包まれている。でもこの砂川ではそれが遠慮なくむき出しになっているわけで、その点では「本場」の味充分だった。あちこちで打ち合わせの集会があるごとに、歌声ということになり、宗教の場所で法話や法事のたびにお経を唱えるのと、生態的にはまったく同じことである。その中に含まれる思想さえ別にすれば、みんなといっしょに声を出して、その一致した声が響きわたるというのは大変気持のいいことである。鳥にしても蟬にしても、よく観察していると、互いの声で唱和するのを楽しんでいるふしがある。あれはやはり体に気持いいのだ。

当時はまだソ連が健在のときで、共産主義の総元締めのコミンテルンというのが教祖様というか、首領様みたいになっていたので、歌にはロシア民謡が多かった。単純な話である。ロシアが世界でいちばん正しい国で、ロシア民謡は聖地の歌みたいになっていて、その砂川闘争の現場でも、あちこちでロシア民謡とコサック踊りが展開されていた。襟元を詰めたルパシカでも着ていたら、それは一段と正しいことになる。

砂川から帰ってしばらくしてから、ぼくは思想というものにシラけていった。そのきっかけが何かは忘れたが、歌声も嫌になり、歌そのものも嫌になった。ふつうの歌謡曲でさえも、それをマジメに歌うというお目出度さが嫌になって、その点では不幸な時代に出合ったものだと思う。

喫茶店での個展

こう見えて、ハタチを過ぎたころ、個展をしたことがあるのだ。年譜を見ると、上京して四年目、二十一歳のときである。

個展といっても画廊ではなく、喫茶店だ。喫茶店といっても板張りの広い壁がずうっとあって、かなり展覧会用の喫茶店として造られていた。

渋谷である。いまはもうその店はないが、その場所はある。渋谷駅のハチ公側に出て、左に、道玄坂へ行く道のはじめのところ。右に横断歩道を渡ると109がある。それを渡らずに左側のところ。

まあ場所を特定してもしょうがないが、そこにあった「コーヒーハウス」という喫茶店。

そのころは毎日渋谷でサンドイッチマンをしていたのだ。ぼくの持っていた看板はビアホールの「Nトーキョー」。Y野君と二人で道の端と端に立っていた。西村フルーツパーラーはいまもあると思うが、あの通りの右と左である。

路上で仕事をしているのはサンドイッチマン、靴磨き、似顔絵描き、乞食、ときどき行ったり来たりするチンピラ、ときどき取り締りにくるお巡り、その他。まあふつうの勤め人から見れば怪し気なものばかりだ。でもみんな怪し気な共通感があるから、すれ違うときは何となく挨拶を交わす。何となくよもやまばなしをする。

そんな中に、仕事は何だったか忘れたが、先輩の画学生がいて、その新しく出来たコーヒーハウスでの展覧会のことを何か話している。どうもその先輩がその壁面のことをまかされているらしい。

たぶんY野君が先に話をしたんだと思うが、Y野君には並べるだけの作品がなかった。それでぼくのところに回ってきたのだと思う。

ぼくはそのころけっこう作品に精出していた。キャンバスは高いので自分で作ったベニヤ板のパネル。絵具はいちばん安い油絵具で、粗悪な溶き油を使っていたと思う。保存によくないことは知っていたけど、先のことまで考えてはいられなかった。

絵は抽象絵画とはいえない、しかし具象絵画でもない、ちょっとは人の形がわかったりするようなもの。

なぜか原始絵画や原始彫刻に引かれていた。アフリカの黒人彫刻にも感動していた。そのころアンフォルメルの大々的な展覧会が来て、ぼくはそれほど引かれなかったが、中に一人アトランの絵には引きつけられた。たしかアラブ諸国から出た画家で、抽象絵画ではあるのだけど、妙に有機的な力強い線の、何か植物エネルギーを思わせるような、実体的な抽象絵画といえばいいのだろうか。

そんなものに引かれて、自分も何か、そういう得体の知れないエネルギーの絵を描きたいと思い、四苦八苦していた。若いころの思いというのは、まだ何もわけがわからないので、それなりに魅力がある。

閉店後の喫茶店で、十点ほどの絵をあれこれ配置しながら、自分ではわくわくしていた。全部満足のいく絵ではないけど、どの絵もどこかには満足部分がある。そんな自分の絵を、喫茶店とはいえ公に開かれた場所に並べると、いよいよ何か始まるという気持で昂奮する。

期間はどのくらいだったか忘れたが、その個展を開いている間、表通りでサンドイッチマンをしながらも充実していた。こう見えても、いざとなればあの喫茶店の壁に、自分のライフル銃が十梃掛けてある。

そんな感じ。

案内状はピンク色の紙に黒で刷った薄っぺらいもの。Y野君が短文を寄せてくれている。

その当時美術評論家で若手の御三家というと、針生一郎、東野芳明、中原佑介の三氏。ぼくはその渋谷でサンドイッチマンをしながら針生一郎氏を見かけたことがある。雑誌などで見た顔と違って、ぐるりと顎髭を生やしていたのでちょっとショックだった。髭を生やすのはお洒落だという先入観がぼくの中にあって、え？　針生一郎氏がお洒落をするのか……、というショックを受けたのである。

早速相棒のY野君に報告したが、Y野君は見なかったといって悔しがっていた。

そのY野君が中原佑介氏を見かけた。そのころの画学生は数少ない美術雑誌を目を皿のようにして見ているのである。ちょうどまだぼくの個展の会期中だったので、Y野君は、

「あのう、失礼ですが、中原佑介さんですか……」

と声をかけて、ぼくの個展のことを宣伝してくれた。いきなりサンドイッチマンに声をかけられて、ぜひ見て下さいといわれて、さぞやご迷惑だったことだろう。

後年中原氏と面識ができ、何かのときにそのことを訊いてみた。中原氏は路上で声をかけられたことは覚えていて、会期中にそのコーヒーハウスをのぞいてくれたそうだ。そのときの絵の特徴もかすかに記憶に引っかかっていたようで、Y野君には感謝している。

食べたもの

上京してはじめて食べたのは、たしかスキヤキだった。国分寺の先輩のアトリエに転がり込んで、そこにはもう一人Y野君というのが先に転がり込んでいて、二人いっしょに武蔵野美術学校の試験を受けることになったのである。

先輩のY村さんが歓迎して夜はスキヤキにしてくれた。石油コンロに平たい鍋をかけて、豆腐、野菜、糸コンニャク、そして肉をぶち込むのである。

アトリエの汚れた床の上だった。とにかく上京第一日で興奮してい

て、あれよあれよのスキヤキだった。途中で葱が足りなくなると、先輩が立ち上がり、

「いっしょに行くか」

ということで、行った先はどこかよその夜の畠だった。葱を何本か泥棒したわけで、申し訳ない。もう四十年以上も前のことだ。

二日目は何を食べたのか、もうそこからは覚えていない。それまで自炊なんてしたこともないから、とにかく原始人みたいな食事をしていたんじゃないか。

なすすべがなくて、たまにそば屋に行ったことはあるはずだ。でもそれは高くつくので、最後の手段だ。そうならないように、ない智恵を絞るのだけど、まったくの手探りだった。

自分たちの下宿が決ってからは、飯を炊いたり味噌汁を作ったり、魚を焼いたり、しかし自炊というのは大変なことだと思ったものである。鍋釜はいるし、コンロがいるし、火をつける燃料がいるし、包丁、しゃもじ、箸がいるし、そういうのが揃ったところで食材がいるし、はじめはおろおろしていた。

二年目ぐらいからは少しやり方もわかって、できるだけ手間は簡単に、でも腹はふくれるようにというので、飯を炊いて、おかずは一品に集中するようにした。味噌汁に野菜をたくさん、余裕があれば肉なども入れて、けんちん汁みたいにしてしまう。あるいは納豆一品で、そこに葱、鰹節を大量に、卵も入れる。

アルバイトが忙しくて外食の場合は、野菜炒め、それもとくにあのニラレバー炒めがとても力強く感じられた。

新宿西口に鯨カツの店があった。いまでこそ鯨は珍品で高いものになっているが、そのころは安物だった。その鯨カツを注文すると、ほとんどワラジみたいな大きなものが出てくる。鯨の肉もさることながら、その周囲にまとった衣ががさがさと猛烈に大きく、よくもこんなに衣をつけて揚げられるものだと驚いてしまう。腹がふくれることは確かだけど、やはり鯨肉の匂いが鼻についてあまり通わなかったと思う。いまならその匂いさえも珍品なのに。

人間の偏見というか、思い込みというのはおかしなものである。渋谷でサンドイッチマンの仕事が終って、仲間の一人は夜はタンメンをよく食べるといった。

でも夕食である。タンメンは麺だ。麺というとどうしてもお昼とか、中間的なもので、夕食はやはり飯粒を食べないと落ち着かない。値段は同じで、美味しさはタンメンの方だとしても、ぼくの気持としてはどうしても飯粒の方にぐっと傾いていく。そんなことに関係なくタンメンの方に行けるその仲間のやり方に、なかなかついて行けなかった。いまなら食も細くなったし、夕食がタンメンでもいいのだけど、でも夕食は飯粒、という重量感へのこだわりは、現在も少し残されている。

その点でいうとパン食というのも麺類に近い。当時はパンのバラエティが非常に少なく、コッペパン、食パン以外は、アンパン、ジャムパンとなってしまって、甘いのしかなかった。

コッペパンなんていまの人は知らないだろう。中に何も入ってない、いわば素のパンで、長円形。フランスパンみたいに固くはなく柔らかい。それを一つ買って、別の肉屋さんでコロッケを一つ買って、コッペパンを割って中に挟んで、それを公園のベンチで食べていた。いまならハンバーガーや何かいろいろあるけど、昔はなかった。

家では食パンをトーストにして食べていた。トースターがなくて、石油コンロに網を敷いて、その上で焦げないように焙りながら引っくり返す。強火でやると表面だけ焦げてダメなので、弱火でやるんだけど、あまり弱火だと消えそうになるし、時間もかかる。うまく焼き上がるとマーガリンを塗って、すべてがうまくいくと美味しく食べられるのだけど、それでもどこかプーンと石油臭い匂いはするのである。

それはどうにも仕方のないことで、食べるときはその石油臭さだけは頭の中でカットして、トーストの美味しさだけに頭の中で統一しながら食べていた。その時代は道具も物もなく貧しいところを、頭の働きで補っていた。ぼくの頭はそういうところで勉強したのである。

本書は、株式会社筑摩書房のご厚意により、同社刊『ぼくの昔の東京生活』を底本としました。但し、頁数の都合により、上巻・下巻の二分冊といたしました。

ぼくの昔の東京生活　上

（大活字本シリーズ）

2017年11月20日発行（限定部数500部）

底　本　筑摩書房刊『ぼくの昔の東京生活』

定　価　（本体 2,800円＋税）

著　者　赤瀬川原平

発行者　並木　則康

発行所　社会福祉法人　埼玉福祉会

埼玉県新座市堀ノ内 3—7—31　〒352—0023

電話　048—481—2181

振替　00160—3—24404

印刷製本所　社会福祉法人　埼玉福祉会 印刷事業部

ISBN 978-4-86596-207-9

大活字本シリーズ発刊の趣意

現在，全国で65才以上の高齢者は1,240万人にも及び，我が国も先進諸国なみに高齢化社会になってまいりました。これらの人々は，多かれ少なかれ視力が衰えてきております。また一方，視力障害者のうちの約半数は弱視障害者で，18万人を数えますが，全盲と弱視の割合は，医学の進歩によって弱視者が増える傾向にあると言われております。

私どもの社会生活は，職業上も，文化生活上も，活字を除外しては考えられません。拡大鏡や拡大テレビなどを使用しても，眼の疲労は早く，活字が大きいことが一番望まれています。しかしながら，大きな活字で組みますと，ページ数が増大し，かつ販売部数がそれほどまとまらないので，いきおいコスト高となってしまうために，どこの出版社でも発行に踏み切れないのが実態であります。

埼玉福祉会は，老人や弱視者に少しでも読み易い大活字本を提供することを念願とし，身体障害者の働く工場を母胎として，製作し発行することに踏み切りました。

何卒，強力なご支援をいただき，図書館・盲学校・弱視学級のある学校・福祉センター・老人ホーム・病院等々に広く普及し，多くの人人に利用されることを切望してやみません。